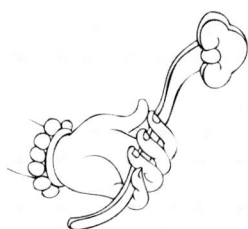

赵朴初与中日佛教交流

ZHAO PUCHU AND BUDDHISM EXCHANGE
BETWEEN CHINA AND JAPAN

赵朴初と中日仏教交流

倪强 黄成林 著

人民出版社

赵朴初同志生平

　　中国人民政治协商会议第九届全国委员会副主席、中国民主促进会中央名誉主席、中国佛教协会会长、著名的社会活动家、杰出的爱国宗教领袖、中国共产党的亲密朋友赵朴初同志，因病于2000年5月21日在北京逝世，享年93岁。

　　赵朴初同志1907年11月5日生于安徽省太湖县。早年就学于苏州东吴大学。1928年后，任上海江浙佛教联合会秘书，上海佛教协会秘书，"佛教净业社"社长，四明银行行长。1938年后，任上海文化界救亡协会理事，中国佛教协会秘书、主任秘书，上海慈联救济战区难民委员会常委兼收容股主任，上海净业流浪儿童教养院副院长，上海少年村村长。1945年参与发起组建中国民主促进会。1946年后，任上海安通运输公司、上海华通运输公司常务董事、总经理。1949年任上海临时联合救济委员会总干事，中国人民保卫世界和平委员会常委、副主席，亚非团结委员会常委。1950年后，任中国人民救济总会上海市分会副主席兼秘书长，华东民政部、人事部副部长，上海市人民政府政法委员会副主任。1953年后，任中国佛教协会副会长兼秘书长，中国作家协会理事，中日友好协会副会长，中缅友好协会副会长，中国红十字会副会长、名誉副会长，中国人民争取和平与裁军协会副会长。1980年后，任中国佛教协会会长，中国佛学院院长，中国藏

1

语系高级佛学院顾问，中国宗教和平委员会主席，中国书法家协会副主席。

赵朴初同志曾任上海市政协委员、常委，上海市人大代表。他是第一、二、三、四、五届全国人大代表。作为爱国宗教界的代表，他参加了中国人民政治协商会议第一届全体会议，历任第一、二、三届全国政协委员，第四、五届全国政协常委，第六、七、八届全国政协副主席。

赵朴初同志是著名的社会活动家，伟大的爱国主义者，是中国共产党的亲密朋友。他一生追求进步、探索真理，孜孜以求，矢志不移。在近七十年的漫长岁月中，他与中国共产党风雨同舟，亲密合作，为中国人民解放事业和社会主义建设事业，为造福社会、振兴中华，作出了不可替代的卓越贡献。早在大革命时期，年轻的赵朴初同志亲眼目睹在帝国主义的野蛮侵略下中华民族备受欺凌，在封建地主的残酷剥削下广大农民蒙受苦难，从而立下救国救民的远大抱负。1937年上海"八·一三"抗战后，他积极进行抗日救亡宣传活动，组织妇女支前，动员和掩护三百多名青壮年奔赴前线，千方百计地救济、安置难民。上海沦陷后，他冒着生命危险，克服重重困难，积极与新四军联系，把经过培训的千余名中青年难民，分批送往皖南新四军总部，其后陆续送往苏南、苏北等地参加抗战。1938年他参加了职业界救亡组织上海益友社并担任理事长，参加了上海各界人士抗日统一战线组织星二聚餐会及其核心组织星六聚餐会，积极宣传抗日主张，团结爱国人士，开展秘密斗争。抗战胜利后，赵朴初同志痛恨国民党反动独裁的黑暗统治，积极参加争取民主、反对内战、解救民众的爱国民主运动，迎来了上海的解放。50年代初期，新中国百废待兴。赵朴初同志在担任华东民政部、人事部副部长期间，为华东地区和上海的经济恢复和安定群众生活做了大量工作。作为佛教协会副会长，赵朴初同志号召佛教徒与全国人民一道，紧密团结在中国共产党和人民政府周围，为实现第一个五年计划而奋斗。在民族危亡时刻，在新中国建立的过程中，赵朴初同志义无反顾地与中国共产党和全国人民站到一起，同国家、民族的命运紧密相连，展现了他热爱祖国、热爱人民、热爱中国共产党的高尚情操。

赵朴初同志是中国民主促进会的创始人之一。1945年12月30日，赵朴初同志与马叙伦、王绍鏊、林汉达、周建人、雷洁琼等在上海成立以"发扬民主精神，推进中国民主政治之实现"为宗旨的政党——中国民主促进会。此后，赵朴初同志历任民进上海分会副主任，民进上海市委主委，民进中央委员、常委、副主席，民进中央参议委员会主席，是中国民主促进会德高望重的卓越领导人。赵朴初同志始终热爱中国共产党，一以贯之地拥护中国共产党的领导。他同毛泽东、周恩来、邓小平、江泽民等中共中央三代领导人有着亲密的友谊。他长期担任民进中央和全国政协的领导职务，积极建言献策，发挥参政议政和民主监督的作用，为发扬同中国共产党团结合作的优良传统，为巩固与发展爱国统一战线，为坚持中国共产党领导的多党合作和政治协商制度，为建设有中国特色的社会主义事业，付出了心血和汗水，作出了重要贡献。

赵朴初同志是杰出的爱国宗教领袖，在国内外宗教界有着广泛的影响，深受广大佛教徒和信教群众的尊敬和爱戴。他佛学造诣极深，《佛教常识答问》等著述深受佛教界推崇，多次再版，流传广泛。他从青年时期开始，就认真研究社会主义学说，经过漫长的求索，他逐步认识到，只有中国共产党最能代表中国劳苦大众的意志和利益，中国只有走社会主义道路才能建成繁荣富强的新社会。作为新中国一代宗教界领袖，赵朴初同志把佛教的教义圆融于中国共产党领导的建设有中国特色社会主义伟大事业之中；圆融于维护民族和国家的尊严，捍卫国家领土和主权的完整，促进祖国和平统一的伟大事业之中；圆融于促进中国佛教界与世界各国佛教界友好交往的伟大事业之中。他充分地论述了宗教与社会主义社会相协调的问题，指出：党和国家从政策上、法律上充分尊重和保护公民宗教信仰自由的权利，宗教徒则要爱国爱教，遵纪守法，拥护党的领导，报国家恩，报众生恩，积极为社会主义物质文明和精神文明建设做贡献。他告诫佛教弟子，佛教的利益必须与人民的利益结合起来。我们的生命好比一滴水，只要我们肯把它放到人民的大海中去，这一滴水是永远不会干涸的。赵朴初同志坚决拥护党中央制定的关于宗教工作的一系列方针政策和重要指示，积极协助党和政府全面正确地贯彻执行宗教信仰自由政策，加强对宗教事务的管理，积极引导宗教与社会主义社会相适应。赵朴初同志以高度负责的精神，对社会主义初级阶段的宗教理论和工作，坦诚提出许多宝贵意见和建议。他积极促进全国各宗教界的团结和稳定。他热情支持十世班禅为发展藏传佛教文化，建立藏传佛教正常秩序，为维护祖国统一，民族团结，反对境外势力分裂祖国的活动所开展的各项工作。他积极拥护按照宗教仪轨和历史定制，经金瓶掣签、报中央政府批准认定的十一世班禅，并热情关心十一世班禅的培养教育工作。他恪尽职守，殚精竭虑，为宗教与社会主义社会相适应的理论与实践作出了杰出的贡献。

赵朴初同志一生致力于中外友好交流活动。1951年，赵朴初同志代表中国佛教界主动送观音像给日本佛教界，打开了中日民间友好交流的大门。随即，日本佛教界发起了护送中国二战时期在日殉难烈士骨灰归回祖国的活动，受到周恩来总理的高度赞扬。赵朴初同志多次以团长身份出席禁止原子弹氢弹保卫和平的大会。1961年3月，他赴印度新德里出席世界和平理事会，会前应邀参加泰戈尔诞辰百周年纪念大会，当场义正词严地驳斥了某些反华势力突然发动的恶意攻击，赵朴初同志维护国家尊严的举动，赢得场内一片掌声和各代表团的热烈祝贺，陈毅副总理也给予了高度评价。1962年，赵朴初同志倡议中日佛教界共同纪念鉴真和尚逝世1200周年，日本佛教界举行了声势浩大的纪念活动，广泛宣传中日友好传统。1980年，他推动和组织了鉴真和尚塑像回中国探亲活动，掀起了中日民间友好交流往来的高潮，为中日邦交正常化奠定了群众基础。1993年，赵朴初同志提出佛教是中日韩三国友好交流"黄金纽带"的构想，得到韩国和日本佛教界一致认同，轮流在中国、韩国和日本召开了三国佛教友好交流会议。这些活动，充分发挥了宗教在国际交往中具有联系广泛的积极作用，向世界人民广泛宣传了中国政府的宗教政策，加深了中国人民与世界人民的友谊，为维护亚洲和世界和平作出了贡献。

赵朴初同志始终关心祖国的和平统一大业，积极开展同台湾、香港、澳门和海外华侨佛教界的友好交流与联系，同破坏祖国和平统一事业的言论和行动进行坚决斗争。1999年7月，当李登辉逆世界和平之潮流，悖中华民族统一之意志，公然鼓吹"两国论"时，已届耄耋高龄、久卧病榻的赵朴初同志，郑重发表谈话，严厉谴责李登辉的谬论。在他生命垂危时，还念及台湾的老友故旧，心系祖国统一。

赵朴初同志是享誉海内外的著名作家、诗人和书法大师。他对中国古典文学有着十分精湛深入的研究，在诗词曲和书法方面都达到了很高的造诣。他的诗词曲作品曾先后结集为《滴水集》、《片石集》，其中不少名篇在国内外广泛传诵。他的书法作品俊朗神秀，在书法界久负盛名。赵朴初同志又是一位以慈善为怀的慈善家，长期从事社会救济救灾工作，做了许多慈善事业，直到晚年体弱多病时，还亲自为遭受地震和洪水灾害的地区筹集救灾资金。他率先垂范，为自然灾害和希望工程捐出个人大笔资金。他生前立下遗嘱，他的遗体凡可以移作救治伤病者，请医师尽量取用。他在遗嘱中表达生死观云："生固欣然，死亦无憾。花落还开，水流不断。我兮何有，谁欤安息。明月清风，不劳寻觅"。充分展现了赵朴初同志的心灵境界。

赵朴初同志的一生，是不断探索真理、追求进步的一生，是在中国共产党的领导下，对国家和人民事业忠心耿耿、奋斗不息的一生。赵朴初同志豁达大度，识大体，顾大局，严于律己，宽以待人，生活简朴，清正廉洁，在海内外享有崇高威望和广泛赞誉。赵朴初同志永远值得人们尊敬和怀念。（新华社北京5月30日电）

（原载于《人民日报》2000年5月31日）

目 录
CONTENTS

前言

赵朴初同志生前为全
国政协副主席、民进中央
名誉主席、中国佛教协会
会长、中国宗教和平委员
会主席、中国人民争取和
平与裁军协会副会长、中
日友好协会副会长、中国
共产党的亲密朋友、著名
社会活动家、杰出的爱国
宗教领袖。

20世纪60年代初的赵朴老

为弘扬朴老精神，从
其逝世至今，安徽、上海、广东等省市先后成立了"赵朴
初研究会"，有的寺庙还成立了"赵朴初研究小组"，每
逢他的诞辰或圆寂日都自发举办大小不一、形式各异的纪
念活动，且搞得有声有色。有次研讨赵朴老为加强中日友
好所建树的丰功伟绩时，有人满怀深情地说："赵朴老为增
进中日友好，奋斗了近半个世纪，其精神太感人了！"又
说："现在日本右翼势力活动猖獗，他们一系列的倒行逆
施引起亚洲各国人民的极大愤慨和全世界爱好和平人

1

士的极度担忧。他们否定侵略历史，美化侵略战争……从而使中日关系降低到建交以来的最低点。这绝不是赵朴老所愿看到的。"

在2014年12月13日，首个南京大屠杀死难者国家公祭日，习近平总书记在讲话中一针见血地指出："历史不会因时代变迁而改变，事实也不会因巧舌抵赖而消失。"

在参加纪念朴老活动中，不少人对笔者说："朴老以佛教为平台为中日友好做了大量细致的工作，花费了老人家大半生的心血。你跟随朴老近二十年，应该把这方面的情况写出来，使中日两国人民了解事实真相，并作为对日本右翼势力的当头棒喝。"

于是，我和老同学黄成林两人，不揣愚钝，分工合作，欣然命笔，撰写了《赵朴初与中日佛教交流》一书。

此书主要写了赵朴老自1952年至2000年离世，近五十年中和日本佛教界、文化界及其他各界友好人士的互动。记述了他19次访日、90多次接待来访日本朋友中主要的时间、谈话内容及其产生的重要影响；记述了他同日本佛教诸宗诸派的主要领导人，如椎尾弁匡、大谷莹润、菅原惠庆、高阶珑仙、大河内隆弘、冢本善隆、大西良庆、西川景文、山田惠谛等大德长老的交往和建立起的深厚法谊及对增进中日友好所起的重大作用；记述了日本各界友好人士和日本右翼势力相反，对日本侵华战争历史的正确认知与对中国人民的愧疚、谢罪态度；记述了日本各界对赵朴老为促进日中友好所作巨大贡献的崇高评价与奖赏，日本人称他为"赵佛爷""圣人""当代鉴真""伟大的和平使者"，并授予他8次嘉奖。

朴老在和日本各界的交往中一直严格遵循"尊重历史，

面向未来，世代友好"的原则。朴老夫人陈邦织女士曾对笔者说："就在其临终的前几天，朴老还在医院接待了最后一批日本客人。他一点精神也没有了，说话声音很弱，躺在病床上无力地对客人比比划划，意思是中日两国人民一定要世代友好下去。"他那悲心深愿是难以言喻的。

2017年11月5日，是朴老诞辰110周年，我们把这本小册子奉献给读者，既是让诸君了解赵朴老为加强中日友好所作出的巨大贡献，也是对他老人家的纪念与怀念。

希望此书能警醒世人：忘记历史就意味着背叛，否认罪责就意味着再犯！

希望此书能唤起善良的人们：牢记历史，汲取教训，反对战争，珍爱和平。

作者　谨识
2017年6月

一、赠药师佛像　开启中日佛教交流大门

　　中国和日本是一衣带水的邻邦，两国人民的交往可以追溯到遥远的古代。唐朝是中日两国人员交流的鼎盛时期，日本的使节、留学生、商人、僧人跨海来往穿梭不断，其政治、经济、文化诸方面受到中国极大的影响。如今，在日本很容易找到中国国内难以见到的盛唐时期的中国古典建筑。就说日本文字吧，在汉字传入日本之前，日本是没有文字的。大约在中国的秦汉时期，汉字开始传入日本。此后很长一段时间，日本人都是用汉字作为记录日本语言的符号。后来日本人摘借汉字的偏旁部首创造了日语的字母假名。"假"通"借"，意为借来的名字。作为书写日语的字母，有平假名和片假名两种。平假名是草体，由汉字草书简化而来；片假名是楷体，来自汉字楷书的偏旁部首。

　　日本经两次维新变法（即大化革新和明治维新），到19世纪末国势渐强，而中国封建专制，闭关自守，国势渐衰。自1894—1895年的中日甲午战争日本得手后的半个多世纪中，日本军国主义对外实行野蛮、血腥的侵略扩张政策，使包括中华民族在内的亚洲人民经受了空前的浩劫，也使中、日人民之间数千年来的传统友谊遭到严重破坏。

　　第二次世界大战以日本战败而告终。但美国出于一己私

利，片面制造对日合约，释放并启用日本战争罪犯184000余名。这些人成为战后长期执政的自民党的中坚力量。甚至连臭名昭著、十恶不赦的细菌战犯石井四郎等人也被美国人释放并被派往朝鲜战场参加了对朝鲜的细菌战争。

当时日本的吉田茂政府追随美国执行拒不承认中华人民共和国而只承认我国"台湾"的错误对外政策。但中日两国人民从自身的根本利益出发积极主张实现两国关系正常化，建立新型的双边关系，恢复中日友好。这是两国人民的共同愿望，也是直接关系亚洲乃至世界和平的大事。

面对中日关系出现官方不易沟通、僵局一时难以打破的局面，周恩来总理提出："民间先行，以民促官。""从开展两国经济、文化交流开始，从增加人民交往开始，从增进民间团体协商开始，来打开中日关系的僵局，从而推动日本政府改变政策。"这一方针的确立充分表现了中华人民共和国第一代领导人根据当时的国内国际形势，从战略高度处理困难状态下中日关系的政治远见。

中国和日本文化上同属东亚儒教圈，而大乘佛教又是许多人的共同信仰。公元6世纪中叶，佛教由中国经朝鲜半岛的百济传入日本，由于日本飞鸟时代著名的政治家、改革家圣德太子（574—622）的大力推崇，定佛教为国教。此后日本佛教的发展迅速，欣欣向荣。日本佛教各宗派多为中国各宗派的延续，所以各宗派的祖庭亦多为中国的著名丛林，而祖师也多为中国历代高僧。二者所不同的是，日本佛教更趋平民化和家庭化，正因如此，信众亦广。如今日本佛教徒达9600万，几近国民总人数的80%，寺庙75000座，佛像30万尊以上。

周总理针对中日两国佛教这种亲缘关系，曾对赵朴初说："中日两国的友好交流对亚洲和世界和平都有重要意义，应特别注意。我们佛教协会可以通过两国佛教界的交流，为增进两国民间的友谊、促进两国关系正常化多做工作。"负责具体工作的廖承志和赵朴初谈及中日民间交往问题时说："中日和平友好是亚洲乃至世界和平的保证。开展民间外交是一重要途径。在这方面中国佛教协会有很多有利条件，自然占了重要地位。"

根据中央的对日外交方针，作为新中国佛教的主要领导人，赵朴初开始考虑开展中日佛教交流，从而打破僵局使两国关系得以沟通。1952年"亚太和会"的召开为实现赵朴初的这一构想提供了理想的历史契机。

1952年，朝鲜战争结束，但美、苏争霸愈演愈烈，世界潜伏着严重的战争危机。为保卫和平、反对战争，10月2日至13日，亚洲及太平洋区域和平会议（简称"亚太和会"）在中国首都北京隆重召开，37个国家的367位正式代表应邀参加。其中，有17个国家的佛教界代表出席了本届和平会议。

中国派出了以宋庆龄为团长，郭沫若、彭真为副团长的40人代表团，其中有佛教界代表圆瑛法师、赵朴初居士和明旸法师3人。

中国作为东道主也向日本发出了邀请。日本有关团体及和平人士组成以松本治太郎为首的60人的代表团准备出席会议，但日本政府拒发签证而未能到会。后来，南博、中村歌右卫门、龟田东武、樱井英雄等来自各界的代表13人突破日本政府重重阻挠自行组团绕道欧洲历经千辛万苦来北京参加会议，

3

充分表现出日本人民要和平、要日中友好的强烈愿望。遗憾的是参会的这13人中没有佛教界人士。

出席这次会议的中国佛教界代表赵朴初非常期待在会议上与日本佛教界的朋友会面，但结果却令人失望。他只好委托突破阻力前来参会的几位日本朋友将一尊象征慈悲与和平的药师佛像带给日本佛教界。日本朋友南博、樱井二人接受了转送药师佛的请求，会后护持佛像取道苏联、欧洲，于12月5日回到日本。

亚洲及太平洋区域和平会议期间，赵朴初居士代表中国佛教界将一尊象征慈悲和平的药师佛像通过与会日本代表赠送给日本佛教界，在日本佛教界引起强烈反响。图为日本佛教界友人在东京举行法会，奉迎中国佛教界赠送的药师佛像

日本佛教界的有识之士对此回函致谢，并将感谢函于1953年1月26日托付当时访问中国的"推进滞留中国的日本人归国"三团体（即：日本红十字会、日中友好协会、日本和平联合会）的代表转交。此信全文如下：

爱好和平的中华人民共和国佛教协会诸位大德：

去年秋天，贵会托出席亚洲及太平洋区域和平会议的南博氏转赐我们日本佛教徒的佛像，去年末由樱井英雄氏带到日本。今年1月12日，热爱和平的文化界人士、工人、宗教家等在东京召开的和平新年大会上，佛像才正式转交我们。佛像转交仪式感动了全场与会者。

贵国惠赐的这尊佛像十分精美庄严。当我们联想到这件赠品所包含的贵会渴望和平与友好的精神时，不禁更加铭感万分。在过去的那场战争中，日本佛教徒未能遵循佛教的和平精神挺身而出制止战争，以致使贵国由此蒙受了巨大的损害。回顾历史，我们表示发自肺腑的忏悔。

我们原计划出席去年秋季举行的和平会议，届时向诸位当面谢罪，并发誓在今后的和平运动中携手并进，共同努力。但不幸的是，我们未能获得日本政府的出国签证而错失良机。然而，我们却收到了和平的象征——贵会的神圣赠品。

对于我们日本佛教徒来说，"增强和平精神"，这正是佛天遂赐的至高无上的教诲。

由此我们将更加焕发忏悔精进之心，遵循佛天神圣的教诲，联合全日本佛教徒，向全国各阶层大众公告，将在近期内举行盛大的奉迎佛像大会。藉此为日中两国的友好亲善事业增添不可动摇的支柱，并计划开展更加广泛的和平运动。

我们还计划兴建一所和平寺院或和平会馆，以供奉贵会惠赐的这尊佛像，并将其作为今后推进和平运动的活动中心。

在当今世界上，非民主主义的反动气焰日益嚣张，战争的危机尚未消除。因此，我们佛教徒更加深切地感到对世界和平和解放运动应负担的重大责任。为此，我们衷心地期望今后与贵国佛教界的诸位大德保持更加紧密的联系，通过佛教交流加深道谊，共同努力发扬光大佛教精神，献身于维护亚洲及全世界的和平稳定。发展文化及安定国民生活等事业。

我们迫切期待有机会访问贵国，亲聆诸位大德雅教，并拜谢此次惠赐佛像的友好情谊。

在此还有一事奉闻，即关于战时在我国惨遭杀害的贵国同胞"遗骨"。我们曾与贵国旅日华侨共同举行过追悼法会，现决定于今春再次举行一次更加隆重的法会，并督促日本政府将"遗骨"尽早送还贵国。这是一桩不可宽恕的罪行。在此，我们谨向诸位大德表示衷心的忏悔。

这封谢函托付即将访问贵国的日本代表团（为在华日侨贵国一事访华）转呈。诸位大德可通过该代表团团员详细了解日本佛教的现实情况，同时期望能通过他们将贵国佛教界的现状转达给我们。谨祝

贵国及贵会繁荣发展！

奉迎终归佛教协会惠赐佛像筹备委员会代表

来马琢道（代笔）

妹尾义郎（署名）

中山理理（署名）

壬生照顺（署名）

柳宗默（署名）

合十九拜

1953年1月25日

后来，赵朴初在中国佛教协会一次会议上谈到送药师佛像一事时说："有人问我，为什么要送药师佛像。我告诉他们：佛经上讲，药师佛是东方净琉璃世界的教主，是'大医王佛'，有着消灭灾难和拔除众生痛苦的大愿。而那时的中日两国人民都在经受战争痛苦，生活在水深火热之中，有许多心灵创伤需要治疗拯救。在那极其艰难的岁月里，日本佛教界收到我送的这尊佛像后，以日本佛教一批著名的长老为首，专门成立了'中国佛教界寄送佛像奉迎会'，经认真准备，举行了盛大仪式迎请。实际他们这是希望中日两国佛教界和两国人民实现友好，改变当时的对立状态。""赠药师佛像是新中国成立之后中日两国佛教徒友好交流的开始，是慈悲、和平、友好的象征，为两国佛教徒所共同崇信。从那时起，我们两国佛教徒就在这一佛像的感召下共同开展了重建中日友好大厦的工作。"

提到日本佛教界许多德高望重的人联名写来的这封感谢信，赵朴初说："这封信写得很好，很恳切。（后来）日本朋友来我国访问时我曾让他们看过。信中说：'我们日本佛教界没有抵制住日本对中国的侵略战争，对此表示忏悔。'这是很好的。信中还写道：'佛像很美好。而且当我们想到这件作品所包含的友好精神时，更不禁铭感万分。回想日本佛教徒在过去太平洋战争期间，没有勇敢地依照佛教的和平精神，挺身出来制止战争，以致使贵国受到重大损失，现在还虔诚地衷心地忏悔着。'据我所知，在日本社会各界，真诚反省战争危害，要求和平友好的人士中，佛教界老一辈的长老态度最坚决。日本佛教界朋友很了不起，真正有无缘大慈、同体大悲的佛教精神。"停顿了一下，他继续说："信中还有一段感人的文字：'在此还有一事奉告：战争期间在我国被残杀的贵国同胞的遗骨，我们曾与在日华侨共同举行过追悼法会，并决定再办一次更盛大的追悼法事，要求政府尽快把这些遗骨送回中国。这是无可饶恕的罪恶，从心底里向你们告罪。'还表示以后要加强联系，加深法谊，互相协助，努力发扬光大佛教精神，献身于亚洲及世界和平与稳定的事业。这是一封饱含真诚实意的信。几十年后，每当我读起它，都不由得很感动。"最后，老人高兴地大声说："这是新中国成立后中日两国佛教界友好接触的开始。从此，关闭了多年的中日友好大门被打开。"

一尊药师佛开启了中日民间外交的大门，从此两国佛教界和其他各界人士友好来往不断，为中日邦交正常化打下了深厚的民间基础。正如赵朴初后来所说："我们佛教能够在促进亚洲及世界和平中做些事情。宗教可以在国际关系方面做些有利于国家、有利于人民、有利于和平事业的事情。这是历史经验证明了的。不仅对日本，对亚洲许多国家都是这样。"

如今，赵朴初当年代表中国佛教界送给日本的那尊象征和平、幸福、安宁的药师佛仍然被日本佛教界珍藏在位于东京市台东区永住町的华藏寺院（亦称善光寺东京别院），每天似乎在向络绎不绝的参拜者和游人昭示着一个真理：一个人只有慈悲、善良、诚实，才能朋友遍天下；一个昔日曾经给邻国人民带来巨大伤痛的国家只有尊重历史、和平发展才是走向繁荣的唯一康庄大道。

二、华人劳工惨死
日本友好人士送还遗骨

　　从中日佛教徒开始的中日友好运动一开始就具有医治战争创伤的性质。

　　1894—1895年中日甲午战争，清政府战败后割地赔款，丧权辱国。此后，日本军国主义侵略中国步步加紧。中国人民的抗日战争如果从1931年"九·一八"事变算起，整整打了十四年。3500万同胞的生命、无数的财产损失才换来了抗日战争的胜利。这场战争在每个中国老百姓的记忆中都是血色殷殷。

　　从第二次世界大战爆发前后开始，随着战争陷入长期化以及战争不断扩大，日本国内面临劳动力的严重不足，当时臭名昭著的东条英机内阁，为了满足企业的再三请求，于1942年11月通过了「華人劳务者内地移入二関スル件」（"关于向日本国内移入华人劳工之要件"）的内阁决议，随后又于1942年2月针对上述的"关于移入华人劳工之要件"作出了次长会议决定，随即在1944年至1945年间强抓了约四万名中国人到日本国内补充严重缺乏的劳力。这些被强制抓到日本的中国人，被押送到日本全国各地的矿山、隧道、水库、河川、码头以及工厂等一共135个作业点，被强迫从事苦役，由于不堪繁重的劳动和残酷的虐待，仅在不到一年半的时间里就有约七千多人命丧他乡。

这些劳工被胁迫在日本服劳役，无异德国把大批犹太人关进集中营，不同的是德国纳粹杀死犹太人使用的是毒气，而日本法西斯杀死这些中国劳工的是毒打、冻馁和过劳。当然，第二次世界大战时的法西斯德国也有类似的使用犹太劳工问题。

与日本政府的漠视态度截然相反，日本佛教界友好人士给中国佛教协会写信后立即行动。在日本京都东本愿寺法师、参议员大谷莹润长老，西川景文长老，菅原惠庆长老等人的领导下，克服重重阻力，联合东京华侨总会、日本佛教联合会、日中友好协会、日本和平联络委员会、日本工会总评议会等14个友好团体，于1953年2月17日成立了"中国殉难烈士慰灵实行委员会"，大谷莹润担任委员长。

该组织成立之初便由发起成员诸团体共同拟定了如下宗旨书，呼吁日本社会各界共同支持协助。

"中国殉难烈士慰灵实行委员会"宗旨书

战争期间，日本曾经给中国人民带来了巨大的灾难。近年来，随着战争危机感的日益加剧，我们重新痛感对日本军国主义者犯下的罪恶所应负担的民族责任，同时也唤起了我们深深的忏悔之感。

特别值得提出的是，在那场战争期间，许多被劫往日本的中国俘虏与劳工，在日本国内各地的矿山和工地被迫从事强制性劳动期间，发生了多起令人惨不忍闻的事件。在这些事件中牺牲的中国殉难烈士的遗骨，如同许多悲惨事件的代表秋田县花岗事件中殉难的146名烈士的遗骨一样，至今仍为无人祭祀的冤魂。在逐渐了解事件真相的过程中，我们更加痛感日本人对清理战后问题所应担负的责任。同时，我们认为对在上述事件中牺牲的烈士遗骨置之不顾，是人道主义所绝不能容忍的。

诚心竭力地收集日本各地的中国在日殉难烈士遗骨，加以诚心实意地祭奠追荐后郑重地将其送回故土，是我们日本国民义不容辞的责任和义务。众所周知，"在华同胞归国协议代表团"离日之际，我们已就实现花岗等事件中国殉难烈士遗骨送还中国一事，要求日本政府出面给予积极的协助。

在此，我们各国际团体组织发起成立了"中国殉难烈士慰灵实行委员会"。我们将遵循人道、和平、友好精神，以日本国民治丧代表的名义，于4月1日在浅草本愿寺与在日华侨共同举行以花岗事件中国在日殉难烈士为主的大型慰灵法会，并将进一步推进送还在花岗及其他事件中牺牲的中国殉难烈士遗骨的活动。

殷切希望全国各界及各阶层人士与我们团结一致，积极协助，使这一具有深远意义的活动获得圆满成功。

中国殉难烈士慰灵实行委员会
发起人

日本红十字社
在华同胞归国协力会
日本和平联络会
日本和平推进国民会议

11

日本中国友好协会

日本国民救援会

日本劳动组合总评议会

海外战殁者慰灵委员会

日本佛教联合会

枣寺

日本宗教联盟

东京华侨总会

日中贸易促进会

中国留日同学会

1953年2月

此后，具体负责遗骨收集、送还工作的主要有东京浅苹枣寺的菅原惠庆和日中友好协会总部的赤津益造、三浦赖子等人。他们在极为困难的条件下，将中国劳工死难者名单整理编册，把中国在日劳工殉难者遗骨收集起来运往中国。

1953年7月2日，首次护送中国在日殉难烈士遗骨的黑潮丸号轮船自日本神户港起锚，7月7日抵达中国塘沽港。

护送遗骨代表团的有18名团员，其中10名日本团员中有4人为佛教徒。离开日本前他们郑重发表声明，表达不辱使命、反战到底的决心。

声　明

此次我们护送的中国在日殉难烈士的遗骨，就是在那场战争中被强制劫往日本，遭到残酷摧残而殉难的烈士的莲位。我们作为日本国民向中国人民表示发自内心的忏悔，并期望通过中国红十字会将遗骨送还中国在日殉难烈士的亲属。

……

此次护送中国在日殉难烈士的遗骨，是我们佛教徒排除一切政治干扰，完全基于人类共同的宗教感情而率先所尽的无私奉献之举。我们决心竭尽全力完成这一使命。

送回中国在日殉难烈士遗骨活动，是我们在清理战争遗留下来的创伤的同时，表达我们绝不能允许类似悲剧重演，反对战争，坚持和平决心的实际行动。衷心期望我们的这一行动能够成为连接中国与日本之间的热情而友好的纽带，成为奠定亚洲和平的基石。

第一次护送中国殉难烈士遗骨代表团

佛教界代表

中山理理

壬生照顺

佐佐木晴雄

畑义春

昭和二十八年七月二日

1953年7月10日，中国佛教协会会长喜饶嘉措和副会长兼秘书长赵朴初在北京广济寺接见了以中山理理为团长的"第一次护送中国在日殉难烈士遗骨代表团"，收到他们提供的4万名中国劳工及其中被虐待致死的7000名劳工的名册，喜饶嘉措代表中国佛教协会用藏语致欢迎词。他说："……各位的努力

13

使中日两国人民之间结成了一条象征和平的'金锁链',这'金锁链'牢固地把我们连接在一起。让我们进一步加强中日之间这一'金锁链'般的友好关系,为中日两国早日恢复邦交,为让和平之光照遍大地而奋斗不息。"

赵朴初代表中国佛教协会向日本佛教界朋友赠送了《宋藏》论释30卷。

左　图:1944年10月24日,被日寇抓到北海道昭和煤矿当劳工的刘连仁(左),受尽折磨和屈辱,逃进深山,过着非人生活。1958年2月,他被日本猎人在一山洞中发现时,由于身心受到严重摧残,患上严重关节炎,舌头僵硬,不会讲话
右上图:花冈骨瘦如柴的中国劳工
右下图:赴日劳工幸存者(自左至右)阎明、耿谆、臧允传

从1953年7月至1964年,日本佛教界朋友克服各种险阻先后19次将1300多具中国劳工尸骨送回中国,使其魂归故里。中国政府高度评价日本佛教界的和平友好态度,对日本佛教界勇于正视历史,对战争进行深刻反省,以悔罪之心表示愿意改

善中日关系的积极态度表示肯定、欣慰和赞赏。周恩来总理对每次护送遗骨的日方朋友都亲切接见。最后一次接见他们的时候，周总理用清人龚自珍的一句诗对他们说："今后不必送了，'青山处处埋忠骨'嘛！"。

由民间发起的中国在日殉难烈士遗骨的发掘、调查及送还活动在日本全国普遍展开。虽然详细查明中国在日殉难烈士的

被掳中国劳工王敏的女儿王红在日本东京参加悼念活动时痛哭，并接受日本记者的现场采访，讲述在日本受尽虐待而惨死的父亲被掳的经过

姓名、年龄、籍贯、殉难时间、具体人数等一系列工作经历了漫长的岁月，花费了友好人士的大量心血，但因日本政府的不支持，进展仍然缓慢。

中国红十字会会长李德全在不同的场合多次向日方表示："为满足中国在日殉难烈士家属的要求，希望日方及早将殉难烈士名册提交中国红十字会。"

1953年4月1日，日本佛教界友信为在日本殉难的中国烈士举行追悼会

1958年2月，日中友好团体及人士联名向日本政府提交"关于提交中国殉难烈士名册的请愿书"，但日本政府支吾搪塞，毫无解决诚意。

为此，"日本中国殉难烈士慰灵实行委员会"向日中佛教交流恳谈会等17个日中友好团体发出紧急呼吁，提出尽早完成编制中国在日殉难烈士名册工作，从而向中国方面表示诚意和友好态度。这一呼吁得到上述团体的积极响应和支持。同年8月份，"中国殉难烈士名册编制委员会"成立，立即着手编制包括中国在日殉难烈士名册在内的中国在日殉难烈士报告书。

1962年2月，该报告书终于编制完成。4月26日，为纪念中国在日殉难烈士名册及殉难情况报告书完成，日本宗教、妇女、工人等各界代表1500余人举行了规模盛大的"中国在日殉难烈士追悼大会”，准备在适当时机将名册及报告书一并交给中国。

日本军国主义对外发动野蛮的侵略战争，给本国人民也造成巨大的灾难。日本有关方面披露的不完全统计数字是：军人死亡300多万、伤400多万。可当时日本人口只有8000多万。这就是说，日本军人伤亡人数的总和几乎占总人口的十分之一，平民的伤亡无计其数。

有资料翔实记下的日本全境及首都东京遭受大轰炸的经过如下：

1944年11月—1945年8月，美国空军对日本98座城市实行战略轰炸，共出动B—29轰炸机3．3万架次，投弹16万吨，炸死23万人，炸伤35万人，全日本24％的房屋变成废墟，1600架飞机被摧毁，1650艘船舰被击沉击伤。东京是受常规炸弹破坏最严重的城市，也是世界上受常规轰炸死亡人数最多的城市。仅1945年的三次轰炸就死亡14万人，焚毁全城50％以上的房屋，使100多万人无家可归。

1945年3月9日夜间，334架B—29轰炸机从关岛直扑东京，实行轮番扫地式的轰炸，投下2000余吨燃烧弹，市中心41平方公里被夷为平地，26—27万幢建筑物付之一炬，共炸死烧死83793人（实际死亡可能超过9万人），超过1923年9月1日东京大地震的死亡人数（7.3万人）；另有10万人被烧成重伤，100万人无家可归。

5月9日夜间，300多架B—29轰炸机再次光临东京，每架携带6吨燃烧弹，低空沿东京东隅田河飞行，轮番轰击两个半小时，将炸弹全部扔在居民密集区，56平方公里地面上的一切彻底烧光。飞机在250公里外太平洋上仍可看到冲天火光。有几处大火燃烧4天方熄。几万死难者都是因为燃烧耗尽氧气而窒息死亡,尤以低洼区最为悲惨,着火、缺氧者争相跳入河中求生,结果隅田河漂满如木炭一样黑的尸体。人们争相躲入坚固的明治座剧院,院内窒息而死的尸体互叠有2米之高。当时日本本土空军和防空力量已被完全摧毁,美国飞机如入无人之境;再加上留守东京的政府医务人员仅剩9名医生、11名护士,完全丧失了救护能力。

5月26日,500架B—29再来一次"扫尾",往北部、西部居民区投下4000吨燃烧弹。燃油引起的大火自天而降,高楼飘浮在火海之中,东京成为"死城",史称"东京大轰炸"。

连参加投弹的美国飞行员事后都说:"如果战败,我们都会以反人类罪接受审判,被处绞刑。"可见被炸场面之惨烈。

所以说,日本军国主义是给中日两国人民带来灾难的罪魁祸首,是中日两国人民的共同敌人。日本人民同样面临治疗战争创伤的问题。

出于人道主义考虑和中日友好的目的,我国提供各种方便协助3万多名在华日侨返回日本。而赵朴初作为中国红十字会副会长承担了协助在华日侨的回国工作。一位当时由赵朴初亲自在上海港送上高沙丸号日本轮船的日本人后来回忆说:"赵朴初握住我的手说:'希望我们下次握手时,你们的手是干净的。'"被送者坚定地表示:"回到日本后,我要从事有益于制止战争悲剧重演、维护世界和平的工作。"这个人就是后来成为著名日中友好人士,曾担任日中友好协会常任理事的三浦赖子。

这些被遣返回国的
日本人不少因为在中国
的所见所闻受到教育，
再也不信日本右翼的反
动宣传，而尽毕生之力
从事日中友好事业。

20世纪五六十年
代，日本佛教界的许多
有识之士开始深刻反省
未能阻止日本军国主义
者发动的战争而给亚洲
人民带来的深重灾难。
日中佛教交流恳谈会号

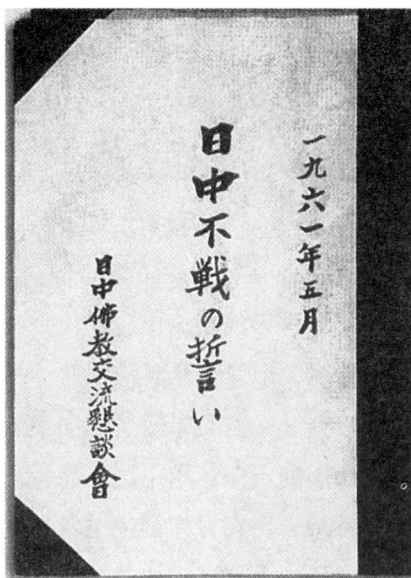

"中日不战之誓"签名簿

召全国佛教徒投入举国上下反对日美安保条约运动，表示"决
不允许战争重演，向中国人民谢罪，并表达日本人民向往和平
的愿望"，向日本全国人民发起"日中不战之誓"的签名活
动。以高阶陇仙、大西良庆、藤井日达、清水谷恭顺、山田日
真、来马琢道、增田日远、盐入亮忠等佛教界著名人士为首，
日本佛教各宗派管长、佛教学者1500多人冒着时刻被右翼分子
拳打脚踢的风险参加了街头征集签名的活动。这一运动把日本
佛教界、文化界许多知名人士都团结到中日友好的旗帜下。特
别是大谷莹润长老，为日中友好事业毅然退出自民党，宁可不
当内阁大臣也要发起"日中不战之誓"的签名运动。这些友好
人士来华访问时，将厚厚一本签名簿送给中国佛教协会，赵朴
初代表中佛协收下这一珍贵礼物。后来，他在中佛协一次会议

19

上说："日本有些人不是到现在还纠缠'侵略战争'和'不战之誓'这些提法吗？其实50年代佛教界的长老们就明确提出了忏悔、谢罪和不战的主张。这说明佛教是有良心的宗教，是主张和平、反对战争的宗教啊！"

这本《日中不战之誓》共有100页，每页正面是"誓言"，背面是签名。"誓言"里写着："日本和中国通过佛教有一千数百年的交流史，不论是文化还是经济，都有着牢不可破的关系，但是，从日清战争（指甲午战争）后，到满洲事变（指'九·一八'事变），向中国派兵后，日本军国主义加剧了对中国的侵略，给中国人民带来了巨大的灾难，在中国本土上自不待言，在日本国内也对中国人进行了令人发指的迫害，破坏了历史上亲密的中日关系。作为日本佛教徒，必须进行深刻反省，在此反省基础之上才能使日中两国人民友好交流的鲜花再度盛开。第二次世界大战后，邻邦中国从殖民地国家解放出来，成为真正的世界大国。我们日本佛教徒，要正确认识中国。回首过去一千数百年的佛教友好交流因缘，我们在佛陀面前宣誓：不敌视中国，为实现世界和平，加速恢复日中邦交，与中国不再动干戈，永远不开战。"

"誓言"最后署名"日中佛教交流恳谈会、日中佛教研究会。事务局京都市上京区北野一番町（立本寺内）"。

1961年5月17日，以大谷莹润为团长的日本护送中国殉难烈士名册代表团护送殉难烈士名单和殉难烈士报告书及"日中不战之誓"签名簿从羽田机场起飞经香港前往中国。5月23日清晨代表团乘火车抵达北京。在北京火车站的月台上代表团一行受到中国红十字会会长李德全、中国红十字会顾问廖承志、中国佛教协会副会长赵朴初的热烈欢迎。

5月25日，代表团一行前往广济寺拜访中国佛教协会，赵朴初副会长热情迎接。参拜大雄宝殿后，赵朴初副会长带领客人进入会客厅，与中国佛教协会喜饶嘉措会长会谈。

喜饶嘉措会长首先对日本护送中国殉难烈士名册代表团的来访表示欢迎。他接着说："诸位十余年如一日，发掘和调查中国殉难烈士遗骨，并举办了中国殉难烈士祭奠追荐法会，我谨代表中国佛教协会表示衷心感谢。诸位的献身精神，加深了中日两国人民的友好。我坚信，十方三世诸佛也会对诸位的善举而随喜赞叹。"

大谷莹润团长说："在战争中，日本军国主义者给贵国带来巨大的灾难。我们所做的一切，只不过表明我们对此深表忏悔之情。"

1957年12月7日，中国红十字会代表团团长李德全女士在东京中国殉难烈士追悼会上致辞

21

随后，大谷莹润团长把"日中不战之誓"签名簿赠送给喜饶嘉措会长并表示："日本佛教徒未能阻止第二次世界大战。这本签名簿表达了我们日本佛教徒的无比忏悔之意，以及绝不允许战争重演的坚强决心。"

赵朴初副会长插话说："这册'日中不战之誓'签名簿凝聚了日本佛教徒维护和平的真诚心愿，必将成为永久的联结日本与中国的'黄金纽带'。诸位在忠实地实践着佛陀的教诲，不愧为真正的佛教徒。"

他的话得到一致赞同，会客厅里响起热烈的掌声。

光阴如白驹过隙，半个世纪转瞬已逝，但"日中不战之誓"这份有万余人签名充满日本人民对中国人民友好之情的签名簿，还被完好如初地保存在中国佛教协会广济寺多宝殿内，向世人昭示着一个真理：具有两千年历史的中日两国佛教徒、两国人民的传统友谊不是任何狂风恶浪所能彻底撼动的。

1961年5月27日下午2时30分，中国红十字会、中国佛教协会、中华全国总工会等九团体1500多人在政协礼堂联合召开大会，由日本护送中国殉难烈士名册代表团赠送《中国在日殉难烈士名册》、《报告书》及有关资料。

中国红十字会会长李德全首先讲话。她说："日本各界的朋友们，冲破重重阻碍，编制了《中国在日殉难烈士名册》及有关资料，并且特意给我们送来。我谨代表殉难烈士家属及全体中国人民向你们表示衷心感谢……日本各界人士为了维护亚洲及世界和平、反对军国主义复活，正在不懈地努力奋斗，我谨代表中国人民对此表示由衷敬意。"

接着，大谷莹润长老登台讲话。他说："为对中国人民表示赎罪和友好之情，我们编制了中国在日殉难的6736名烈士名册和殉难情况报告书。现在交给中国朋友。"

此时，全场起立，掌声雷动，大谷莹润团长亲手把名册、报告书及有关资料一并交给李德全会长。

大谷莹润团长继续说："……虽然这份报告书所反映的情况还不够全面，但是无论如何完善详尽的报告书，也绝不可能使中国在日殉难烈士的生命复活了。今天，我们不能将中国劳工送回贵国，只能无能为力地以《中国在日殉难烈士名册》表达我们的无限悲哀和无限忏悔之情。"

6月1日，日本护送中国殉难烈士名册代表团一行前往天津市殉难烈士纪念馆敬献花圈并诵经祈祷中国在日殉难烈士冥福。

6月3日下午2时，周恩来总理接见了日本护送中国殉难烈士名册代表团并同全体团员进行了近一个小时亲切友好的谈话。

周总理首先说："由于各位朋友的不懈努力，我今天终于见到了中国在日殉难烈士名册和殉难情况报告书。我代表中国政府向在座的诸位朋友表示衷心的感谢。"接着他又说："早日实现中日邦交正常化，不仅仅涉及中日两国之间的切身利益，还将有益于维护亚洲乃至世界和平。多年来，在座的诸位朋友坚持不懈地致力于促进和平友好的各项事业，我在此表示衷心的敬意。"

大谷莹润团长当场表示："我们日本佛教徒一定齐心协力，为促进日中友好，维护亚洲和平而奋不顾身地继续努力。"

至此，日本佛教界及其他各界友好人士进行的收集、送还在日殉难烈士遗骨的活动告一段落。

近年，多方投资在天津市铁东路市烈士陵园内建起一座"在日殉难烈士、劳工纪念馆"教育后人勿忘国耻，奋发图强。

中日友好大门已经开启。由于中国政府的积极主动，使两国通过民间交流不断发展壮大的中日友好活动成为一股不可抗拒的历史潮流。中日两国在经济、贸易、宗教、文化等方面的交往日益频繁，各阶层的代表团互访来往不断。1952年，两国签署了第一个民间贸易协定；1955年，签署了民间渔业协定。

1949年后，在中国关押的日本战争罪犯共有1109名。中国政府对他们在思想上进行教育，在生活上尽力关怀，组织他们到哈尔滨、沈阳、南京等地参观，使其反省，促其悔罪。这些战争罪犯分别写出自供状，内容包括"侵略中国主权、策划推行侵略政策、进行间谍特务活动、制造细菌武器、施放毒气、奸淫妇女、掠夺财物、毁灭城镇和乡村、驱逐和平居民、违反国际法准则和人道主义原则"等。为驳斥日本右翼所炮制的歪曲历史的谎言，还事实以真相，不久前，中央档案馆在报纸和互联网上公布的《日本战犯的侵华罪行自供》就出自他们之手。后来，中国政府本着人道主义精神，将这1000多名战犯除对少数进行审判，其余分三批释放回国。而这些人由于认识到日本军国主义的反人类本质，回国后多数成为推动日中友好的生力军。

三、赵朴初首次访日　参加禁止两弹大会

迄今为止，日本是世界上唯一挨过原子弹轰炸的国家。第二次世界大战末期，美国出于未来全球战略的考虑，在日本投下当时所有三枚原子弹中的两枚。这两枚起名为"小男孩"和"胖子"的原子弹于1945年的8月6日和9日分别被投在广岛和长崎两个城市，当场死亡38673人，截至1985年，两市包括原子弹后遗症死亡的共有295956人。深受原子弹之苦的日本人民反对原子战争的决心最大、呼声最高。

日本禁止原子弹氢弹协议会是日本主要和平组织之一。它成立于1955年，会员团体包括工、青、妇、和平委员会及工商联合会等62个。该组织主张日本政府应坚持"无核三原则"，全面禁止核武器，并反对右翼势力否定日本的侵略历史。

禁止原子弹氢弹大会是该组织成立伊始便发起召开的以消除核武器为目的的世界性会议，获得当时的亚洲国家会议和赫尔辛基世界和平大会的支持，自1955年起，每年8月举行一次。

1955年8月6日至15日，第一次大会在日本召开。出席会议的有日本各阶层代表和苏联、中国、美国、意大利等14个国家及其他一些国际和平组织的代表共5000余人。在广岛原子弹牺牲者纪念塔前的追悼会上，参会群众达5万人。8月8日，在广

岛大会上通过了一个宣言，简明而有力地表示禁止原子武器，粉碎原子战争的阴谋，使原子能为人类幸福服务的决心；号召全世界人们，不问政党派别和社会制度的不同，进一步推动禁止原子弹、氢弹运动，使禁止原子弹、氢弹运动发展成为缓和国际紧张局势的巨大力量；并指出有必要使禁止原子弹氢弹的运动和反对军事基地运动配合起来进行斗争。

1955年8月，赵朴初副会长赴日参加禁止原子弹和氢弹世界大会，受到日本佛教界热情友好的接待。这是中华人民共和国佛教徒第一次访问日本

赵朴初以中国佛教组织代表的身份参加了以刘宁一为团长的中国代表团，准备前往日本。

但是，当时的日本政府反对尚未与其建立外交关系的中国代表团与会，拒绝发给中国代表团入境签证。日本佛教界友好人士椎尾弁匡长老（增上寺法主、大正大学校长）得知中国代表团团员中包括一位佛教徒这一消息后，当即前往首相官邸，向当时的日本内阁总理大臣鸠山一郎直接陈述佛教界的有关要求。

椎尾弁匡长老据理力争，一针见血地指出："日本与中国有着长达两千余年交流往来的历史。特别应该强调的是，日中两国佛教徒的交流源远流长，根深蒂固。由于那场战争，虽然日中两国佛教徒的交流一时中断了，但是尽早恢复日中两国佛教徒的交流往来与友好亲善，不仅仅是我们佛教徒的热切期望，也完全符合日本的国家利益。中国代表团团员中包括一位佛教徒，如果日本政府难以批准中国代表团全部入境，那么至少应当准许这名佛教徒入境参加大会。"椎尾弁匡的满腔热忱和犀利言辞，终于迫使鸠山总理向中国代表团全体代表发放了入境签证。

由于日本政府的无理阻挠，代表团滞留香港三天，9日下午才抵达东京，因而没赶上参加在广岛举行的大会。

这是赵朴初第一次去日本参加国际会议。坐在飞往东京的机舱里经过琉球上空，赵朴初想起先祖状元公赵文楷曾代表大清王朝出使琉球册封国王尚温，不禁思绪万千、诗情涌动、吟诗一首：

飞过琉球

星槎吾祖昔曾游，诗卷惊涛浩荡秋。
百五十年无限事，飞鸿一瞬过琉球。

飞机抵达东京，日本佛教界人士南原仪、中山理理等到机场迎接，赵朴初以诗相赠：

八月九日，飞抵东京

我来沧海不扬波，万里云开喜气多。

去杀胜残凭众力，大家携手唱平和①。

注：①日文和平为平和。

8月9日、10日两天，赵朴初参加了长崎大会。参会者三千余人，另有群众集会。赵朴初对所见、所闻、所感以诗记之：

访长崎原子弹爆炸中心

当时一弹半长崎，万屋成尘地满尸。

今日来观犹动魄，十年教训起深思。

1957年8月11日，在禁止原子弹和氢弹世界大会召开前夕，赵朴初副会长在东京体育馆举行的晚会上讲话

记长崎大会上原子弹受害者

千万孤儿慈母泪，一齐倾向讲台前。

看教泪化和平海，万种潮音响彻天。

8月13日，赵朴初同中国代表团其他团员一起出席了在大阪召开的关西大会。会后写诗四首：

访广岛（四首）

一

向来七水潆洄处，广岛风姿绰约称。

今日来观尘满面，十年犹未复伤痕。

二

伤痕遍体一病妇，背上独有完好处。

当年负儿儿成尘，儿形永留在母身。

三

盲目妇人断臂女，诉说十年无限苦。

哀哀欲绝绝复言，满座闻之摧心肝。

四

人心所向复奚疑，众怒轻干事可知。

不许再投原子弹①，歌声雷震海天弥。

原注：①为一首日本歌名。

赵朴初在此后写的《日本和平运动和日本佛教徒》一文

中，用佛教术语"应机普摄"和"方便善巧"对这次会议加以总结。他写道："这次我们派代表团到日本参加大会，在增进中日两国人民的了解和友谊方面，收获也是很大的……日本人民欢迎我们极为热烈。我们每来往一处地方，车站和机场口总是拥挤着群众迎送。甚至经过不是目的地的车站时，那里也挤满了人拿着旗子，扶老携幼地等候着，向我们欢呼唱歌，抢着将旗子向车窗口投入，伸进手来和我们握手，那样的热情，令我们感动流泪。我们经过福冈社区时，欢迎者在前面车上广播我们的到来，市民们纷纷出来向我们招手和鞠躬。每次大会散会时。我们很不容易走出去，因为两旁群众争先恐后地挤上来握手，而且我不止一次遇到有人热泪横流地向我伸出手来……另一方面，我们这次到日本，也表达了中国人民对日本人民的友情。日本人民特别对我们带去的中国人民救济总会等六团体对原子弹受害者的救济捐款表示感谢。原子弹受害者对于我们的访问，更深受感动。我们离开广岛时，他们到车站含泪告别。我们曾接到他们的好几封信，表示我们访问时他们得到了温暖和安慰，增加了他们生活下去的信心。"

在谈到此次访日和日本佛教徒的交往时，赵朴初写道："虽然我这次到日本去的任务，不是宗教性质的访问，但是作为新中国佛教徒第一个到日本的人，我受到了日本佛教界朋友们的热情欢迎和殷勤招待。我第一天到达东京，便有全日本佛教会、日中佛教交流恳谈会、佛教和平恳谈会、中国人殉难者慰灵实行委员会等佛教团体的代表中山理理、菅原惠庆、壬生照顺、佐佐木晴雄、中浓教笃等诸师到机场迎接。在大阪时，大谷莹润师和京都佛教界人士特约我到京都东本愿寺座谈，借了市长的汽车由日中友好协会理事长武藤守一亲自接送。在那里会见了冢本善隆等学者和诸山长老，受到了大谷莹润师等殷勤款待……8月17日，我代表中国佛教协会向全日本佛教会赠送观音像，由椎尾弁匡副会长接受，并出席了他们的茶话会。同日我到瑞轮寺出席了日莲宗宗务院的欢迎座谈会，受到增田日远馆长的隆重招待。8月18日，日本佛教界在东京青松寺举行日中佛教亲善法会。这是一个盛大而庄严的法会……法会是为了追悼中国在日殉难烈士、圆瑛大师圆寂三周年和已故中国诸大德。由曹洞宗管长高阶陇仙禅师主法，各宗各派长老们和男女信众都参加诵经。致送花圈和诵读悼词的有禁止原子弹、氢弹世界大会筹备委员会等数十团体。悼词中多次讲到日本军国主义者侵略中国的罪行，表示日本人民的忏悔及与中国人民友好合作的愿望……从这些日子的接触中，彼此增进了了解。日本佛教界人士听到了我介绍的我国佛教情况，一般都表示满意，因为过去数年中各种谣言而产生的疑问得到了解决。他们对新中国成立后我国佛教所产生的新气象很感兴趣。另一方面，我自己对日本佛教情况，也初步有了一些认识。"

对赵朴初在日本参加的活动国内媒体做了及时报道。1955年8月19日《光明日报》的报道是：

中国佛教协会副会长赵朴初出席日本佛教欢迎会

【据新华社8月19日讯】东京消息：出席禁止原子弹和氢弹世界大会的中国代表团团员、中国佛教协会副会长赵朴初，17日下午出席了全日本佛教会主办的欢迎会。

参加欢迎会的有全日本佛教会副会长椎尾弁匡、秘书长友松圆谛，曹洞宗管长正主教高阶陇仙、东京佛教团常务理事栗本俊道，浅草本愿寺"轮番"重永潜，中国俘虏殉难者追悼执行委员会委员长大谷莹润，日中佛教交流恳谈会代表中浓教笃等日本佛教界著名人士约一百人。

欢迎会首先举行了隆重的佛教仪式，赵朴初在会上宣读了中国佛教协会给全日本佛教会的一封信。这封信祝愿日本人民以及全世界人民获得和平幸福的生活，永远脱离战争的威胁。

赵朴初接着将中国佛教协会送的观音菩萨圣像一尊交给全日本佛教会副会长椎尾弁匡。

全日本佛教会秘书长友松圆谛致谢词说："我们愿在这个观音菩萨圣像的象征之下，增进日中佛教界的友谊和联系。"

1955年8月20日的《人民日报》刊登了另一篇报道：

东京举行法会吊祭在日殉难的我国抗日烈士

【新华社8月19日讯】东京消息：为了吊祭在日本殉难的抗日烈士和被美国原子弹炸死的中国人，日中佛教交流恳谈会和中国殉难者追悼执行委员会，在全日本佛教会的支持下，于18日下午在东京青松寺举行了隆重的法会。

出席禁止原子弹和氢弹世界大会的中国代表团全体人员应邀参加了法会。

日本方面参加法会的有全日本佛教会代表中山理理、日中佛教交流恳谈会代表中浓教笃等日本佛教界著名人士约四十人。参加法会的还有日中友好协会副会长内完造、日朝协会会长来马琢道、日本工会总评议会副主席盐谷信雄、常任干事高野实、日本国民救援会副会长难波英夫、日本拥护和平委员会总书记平野叉太郎等50多个团体的代表以及旅日华侨、朝鲜侨民和一般市民共约120多人。祭场两旁挂着"不要原子弹，不要战争""日中佛教徒携手来建立亚洲和平"等巨幅标语。祭坛正面放着50多个团体献的花圈。

法会由曹洞宗管长正主教高阶陇仙主持。中国俘虏殉难者追悼执行委员会委员长大谷莹润在会上致悼词。中国代表团团长刘宁一和代表团团员中国佛教协会副会长赵朴初也在会上讲了话。

法会结束后，赵朴初接着还出席了日中佛教交流恳谈会主办的座谈会。

如果说赵朴初送药师佛打开了中日佛教友好交流的大门，而他作为中华人民共和国第一个到日本访问的佛教徒，在日本广交了朋友，使中日两国佛教交流开始真正热络起来。

四、"亲善使节团"来华　共建世代友好

　　从1952年10月，赵朴初将一尊药师佛像送给日本佛教界同道朋友至1957年，时间过去了五年。五年，在人类历史的长河中不过是暂短的一刹那，但通过彼此沟通，在宗派林立的日本佛教界从上到下已经形成高度一致的共识：日本和中国的佛教必须进行广泛的友好交流，日本人民和中国人民必须世代友好。因此各宗派领袖一直要求早日集体访华。他们将这一要求经过有关渠道通知了中国佛教协会。1957年2月19日，《人民日报》刊登了一条新华社短讯，全文如下：

　　新华社18日讯　东京消息：日本全国性的佛教组织全日本佛教会今天在东京举行的常任理事会会议决定，为了促进日中两国佛教的交流，决定派遣日本佛教代表团在4月下旬到中国访问。这个日本佛教代表团将由日本佛教界各宗派的15位负责人组成，其中包括曹洞宗的高阶陇仙、日莲宗的增田日远、净土宗的渡边真海、花园大学校长山田无文、高野山大学校长中野义照和京都大学教授冢本善隆等。

　　1957年也是赵朴初和日本同道交往频繁的年份之一。3月初，他访问日本，出席日本佛教界和平运动第四届佛教徒大会

并作报告，和日本同道做亲切恳谈。应日本"日中佛教研究会"牧田谛亮法师之约，为《日本佛教》期刊创刊号撰文《祝中日佛教兄弟之谊日益发展》。该创刊号杂志除有赵朴初的特约稿件外还刊载了《中国佛教协会成立大会宣言》、《今日的中国佛教》、《玄中寺的复兴》以及赤松法师发表在《人民中国》杂志上的《中国佛教今夕》等文章。该杂志成为日本佛教徒和日本人民了解中国的一扇窗口，对促进中日佛教交流，促进中日人民友好起了很大作用。

同年4月，按照赵朴初的建议，在《现代佛学》第四期刊登了日中佛教交流恳谈会事务局局长、日本和平委员会常任理事中浓教笃的文章《日本佛教徒的和平运动》。

文章开始介绍日本佛教徒和日本人民所面对的斗争形势："1951年，当时的吉田内阁违反日本人民的意志，在旧金山跟美国缔结了旧金山日美合约并签订了日美'安全条约'。在这以前，即1950年美帝国主义者在朝鲜发动了侵略战争。当它的侵略真相暴露时，在日本国内就发动了对劳动人民的镇压，并设立警察预备队，践踏了新宪法的和平精神。在这里也就暴露了旧金山合约的真相。就是说'日本独立了，在一个独立的国家拥有军队是应该的'，在日本国内能听到这种议论，是并不奇怪的；可是听听美国国务卿杜勒斯的说法吧：'真空地带是会有（共产主义）侵略的，所以必须取消真空'，他就是这样宣传符合于帝国主义的真空论。因此，日本是否恢复武装的争论就更加尖锐起来。按照日美'安全条约'，美国可以自由地在日本国内建立军事基地；这一条约使日本变为美国的殖民地和附属国，这是很明显的了。帝国主义者把苏联、中国当作敌国，它的别有用心也就一目了然了。对于这件事，在以劳动阶级为中心的爱好和平的日本人民是认识到了的；但在反对它的具体行动上却产生了分歧。特别是宗教界，甚至认为日美'安全条约'是能抵御别国对日本的侵略的，当时抱着这种错觉的人是不少的。当1947年制定了和平的新宪法，宣言放弃武装的时候，宗教者召开了宗教和平国民大会，向国内外发表了声明，'宗教者誓为制止侵略战争再度发生而努力'！当时的日本佛教联合会也表示忏悔反省过去协助本国向别国发动侵略战争。"

文章指出，日本佛教徒已经行动起来，为反对战争、维护和平、反对氢弹试验、反对美国军事基地而斗争。

文章最后写道："1955年在广岛举行的禁止原子弹、氢弹世界大会的时候，中国佛教协会的赵朴初来日本，并同日本的佛教徒进行了亲密的恳谈，这对于日中佛教的交流起了很大的作用，对于亚洲的和平同样地起了一定的作用……由于邻邦中国的伟大发展，它的和平人道主义政策对日本各方面都有启示。日本佛教界同中国佛教界的亲善友好的行动对日本人民的影响也是很大的……日本佛教界一致认为日本佛教徒能像中国佛教徒那样，不为帝国主义的利益服务，而为人民幸福服务的日子也快到了。"

1957年8月初，赵朴初动身去日本出席第三届禁止原子弹、氢弹和争取裁军世界大会宗教者会议。

8月9日他参加了全日本佛教会在东京增上寺举行的追荐广岛、长崎原子弹殉难者法会并讲话。他说："12年前牺牲在广岛、长崎原子弹爆炸之下的，有一部分中国侨民，今天一同在三宝之前接受虔诚的回向。听说他们的骨灰将于最近送回中国，为此，我特别要对椎尾弁匡、高阶陇仙、大谷莹润诸位长老和日本佛教界朋友们的亲善和友情，表示衷心的感谢。……我们追念死者，是为着策励生者。对全人类来说，二十几万生命的代价，应该换得足够的经验教训，应当换得原子弹、氢弹和其他大规模杀人武器的永远废除，应当换得战争的消灭和国际间互信与友好的建立。不能让死者的血白流，不能允许广岛和长崎事件重演，我们有责任用一切办法争取全面的、持久的和平。我们一定能够赢得和平。和平的莲花将开遍全世界。……愿在佛陀慈悲光照下，广岛和长崎的人民免难消灾，幸福安乐。愿全世界人民安乐。"

法会后，赵朴初代表中国佛教界向广岛和长崎人民赠献佛像各一尊，请全日本佛教会代为接受转送。

8月17日，赵朴初参加在日本举行的第三届禁止原子弹、氢弹和争取裁军世界大会宗教者会议并以《在一切争取国际和平运动中，佛教徒永远应是站在最前列的》为题发表讲话。他说："根据佛教的教义，佛陀属于众生，正如花果属于树根一样，没有树根就没有花果，没有众生，任何人不能成佛。因此，主张佛教徒只要顾个人的修行，而不要管世间的事的说法，显然是错误的说法。佛陀自己就给予了我们最好的榜样，他曾经多次阻止了当时民族之间的武力冲突，甚至在他逝世之前不久，还劝止了阿阇世王侵伐跋祇人的企图，挽救了两个民族之间的和平。由此可见，在一切争取国际和平运动中佛教徒永远应当是积极站在前列。……佛教徒以慈悲为根本，但是反对单纯的慈悲，慈悲必须与智慧相辅而行，犹如车之两轮，缺一不可。在武力侵略者面前，放弃武力抵抗那只能是鼓励战争而不是保卫和平。佛教徒在反对战争的同时，又支持对侵略者进行抵抗就是为了这个缘故。"

会议结束后，日方发来《日本宗教徒禁止原子弹氢弹恳谈会致中国宗教徒书》，全文如下：

这次在日本举行的第三次禁止原子弹氢弹大会上，承贵国的代表团参加，发表热烈的意见，为本大会增光，衷心致以感谢。特别是得到贵国各团体赠与我国被害者巨额救济金，我们深为同胞致以不胜感激之情。

在本大会上宗教者协议会最初进行国际的意见交换与决议，乃世界宗教徒对于和平努力画下了一个新时期。贵国的代表赵居士与施女士为此会议所尽的任务至大，兹特致以敬意与感谢。

通过这个会议，中日两国宗教徒之合作已大增加，兄弟姐妹的友谊也加深了。我们相信这将大大促进禁止原子弹、氢弹的世界的运动。我们日本的宗教徒也将基于协议会的决议，所有参加大会的团体，团结于禁止原子弹的宗教者恳谈会，并呼吁国内一切宗教徒，宗教团体致力于运动的加强。要誓为禁止原子弹、氢弹与世界宗教徒加强合作，为实现完全禁止作最大努力。我们感谢中国宗教徒在本大会所表现的努力，并望今后继续赐予更大的帮助。

日本宗教徒禁止原子弹氢弹恳谈会

1957年9月5日

为进一步加强日中佛教友好交流，日本全国性佛教组织全日本佛教会原计划4月份访华的高规格的代表团，9月终于得以成行。其原因是：全日本佛教会将日本佛教访华亲善使节团所拟名单交外务省申请签证。而外务省当局以副团长冢本善隆、团员牧田谛亮身为国立京都大学教员，不可前往尚未与日本建立外交关系的国家为由，拒绝发给二人签证。二人前往有关机构交涉，代表团其他成员为等二人签证，出访日期一拖再拖。此后两人据理力争，历尽周折，说破嘴皮，直到9月10日，代表团乘坐的由羽田机场出发的飞机起飞前10个小时，二人的签证才好歹批了下来。作为获批出国签证的附加条件是：访问中国期间毫无道理地停发二人在所属大学任教的工资。

应中国佛教协会邀请前来中国进行友好访问的日本佛教访华亲善使节团一行16人，在全日本佛教会会长、日本曹洞宗管长高阶陇仙长老率领下，于9月15日晚乘火车到达北京。在北京火车站，代表团受到国务院宗教事务局局长何成湘、中国佛教协会副会长兼秘书长赵朴初等领导人及佛教四众数百人的热烈欢迎。下火车时，由贤良寺小学的学生向贵宾们敬献了鲜花。

9月16日中午，中国佛教协会在北京饭店举行宴会，热烈欢迎以高阶陇仙为首的日本佛教访华亲善使节团。国务院宗教事务局、北京市宗教事务局、佛教界的有关领导出席宴会。

宴会开始，赵朴初致欢迎辞。他代表中国佛教协会和中国佛教徒对使节团团长、副团长和全体团员表示热烈欢迎。

他说："自从中华人民共和国成立以来，我们同日本佛教朋友虽然有不少接触，但是接待像这样一个正式代表日本佛教界的使节团还是第一次。特别是这个使节团是由全日本佛教会经过各方面协商郑重选派的，它包括日本各重要宗派的大德长老、知名学者和信众领袖。对于这一行法友们不辞远道而来，中国佛教徒一致表示十分欢喜赞叹。我们怀着热烈的心情欢迎使节团的来临，欢迎使节团团长高阶陇仙长老、副团长竹村教智上人、冢本善隆博士、菅原惠庆上人和全体团员们的来临。"

赵朴初副会长还追述了中日两国佛教徒千余年悠久而深厚的历史友好关系。他说，这种友好的历史关系今后还要在共同致力于保卫世界和平与促进人类友好的事业中达到进一步发展和加强，并且坚定地说："我相信，使节团这次访问我国是有助于这种友谊的加强和发展的。"

接着，82岁的高阶陇仙团长致答谢辞。他说："我们承蒙中国佛教协会的邀请，带着加强日中两国友好亲善与佛教文化交流的使命来中国访问。"他说，日中两国之间过去一千几百年以来的亲密友好历史，可以说是开始于佛教，并且由佛教关系发展起来的。但是，从日本军队侵攻中国，以及日本国内政治条件的迫害，两国的交流曾一度陷入不幸的状态。但是，从祖先们所继承的，在我们两国人民之间的心灵深处所流着的友好亲善的感情是绝对不会消失的。由于两国有着这样深厚的历史关系，所以日本国民无论有任何政治形势的阻挠，都是抱着两国国民应该互相交流，加强友好亲善的强烈愿望的。

高阶陇仙团长还说，日中两国佛教徒这种精神接触是完全符合佛陀教义的，是能够促进两国国交的恢复和实现亚洲及世界的和平的。这件事是通过以日本佛教徒为中心努力于送还在日本殉难的贵国烈士遗骨运动开始的。

团长最后指出:"我们认为这个送还遗骨的运动,是日本国民对于不止一次的侵略中国的忏悔行为,同时也是希望中日两国国民的友好的真诚表现。我们日本佛教访华亲善使节团这次访问贵国之际,鉴于这种意义与使命的重大,希望与贵国佛教徒和贵国人民开怀畅谈,本着佛陀弘法利生、利乐有情的精神,为了保卫世界和平而贡献力量吧!"

宴会进行中,使节团副团长、京都大学教授冢本善隆博士也讲了话。他说,我们从广东到达北京,沿途看见中国人民在进行着和平的劳动、和平的建设,我们感到无尚的高兴,因此想到了过去日本军国主义者侵略中国的时候,不知杀死了多少无辜的中国人,破坏了多少中国的乡村和城市,造成了中国人民的深重灾难。当时日本佛教徒没有力量来阻止这种侵略行为,今天我们想起来还是很惭愧。我们应该向中国人民忏悔。

9月16日下午两点半,使节团全体团员参加了在广济寺举行的"中日友好世界和平法会"。使节团到达广济寺时,受到中国佛教协会、广济寺僧侣和参加法会的佛教四众的热烈欢迎。

法会开始,由广济寺住持大悲法师率领北京参会四众信徒高声诵经,继而由高阶陇仙团长率领代表团团员诵经。

诵经完毕,由赵朴初副会长兼秘书长讲话,说明举行这个法会的重要意义。他说:"中国佛教协会今天特地举行这个法会,和日本佛教访华亲善使节团诸位善知识们在一起为纪念教主释迦牟尼佛涅槃2500周年念报佛恩,为纪念中日两国历代祖师们念报佛恩,为中日友好、世界和平虔诚回向。"

他说："两国的历代祖师们，沧海浮天，法舟入世，他们的艰苦辛勤，不仅在佛教弘传事业上，而且在文化交流事业上，建立了不朽的伟大的功勋。佛的恩德，祖师的恩德，今天时时刻刻在提醒着我们的责任感。"

他指出："当今的时代，迫切地要求着各国佛教徒为促进国际友好、世界和平而携手努力。在历史上、地理上、文化上有着密切关系的中日两国佛教徒更有必要加强我们的合作。我们深信此次日本佛教访华亲善使节团的来临，一定能使我们的友好合作关系更加向前迈进。"

高阶陇仙团长讲话说，日本佛教访华亲善使节团受到中国佛教协会的邀请而来贵国访问，今天荣幸地参加了这个盛大的和平法会，共同来纪念释迦牟尼佛涅槃2500周年，共同来纪念两国历代的祖师们，还共同祝愿日中友好和祈祷世界和平，这是很难得的，这是我们永志不忘的一件盛事。

他接着说，虽然今天的国际局势，对于日中两国佛教徒的交往和亲善合作还有一些阻碍，但是爱好和平这一点是一致的，是任何力量不能阻碍我们的。

最后他还说，对于和平工作应该从各方面来努力，我们宗教徒也有努力的责任。佛教是要在人们的心里启发他的大慈悲的佛心，是要把人们的心改变成佛的心。佛教徒就是本着这种精神参加了庄严的保卫世界和平的工作。因此今天我们在一起共同祈祷世界和平是有着很深的意义的。

接着，使节团团长高阶陇仙长老代表全日本佛教会和日本佛教徒把一尊观音菩萨立像赠给中国佛教协会和中国佛教徒，同时还把日本名古屋的爱知学院全体师生集资铸造的一尊铜质观音菩萨坐像要求中国佛协代收转而献给毛主席，还委托中国佛教协会向周恩来总理、中国红十字会李德全会长转交纪念品。送给中国佛教协会的还有日本此前几年出版的佛教书籍、杂志、词典以及念珠、纪念章等礼品，均由中国佛教协会副会长巨赞法师——接受并致辞深表感谢。

使节团团长高阶陇仙长老在法会上还把一尊原供奉在山东省沂水县芦山白云寺的铜质佛像送还中国，由赵朴初副会长代表接受。这尊佛像是日本军国主义者于1941年从中国掠走的，现在已由"日中友好协会福井支部"委托使节团送还中国佛教徒。他们还希望把这尊庄严的佛像仍然供在沂水县芦山白云寺里。使节团秘书长三谷会祥法师还在法会上宣读"日中友好协会福井支部"为这尊佛像作说明的"由来书"。"由来书"中这样写道："福井支部认为无论是从日中两国友好的关系上，或者是从补偿侵华战争时期日本同胞所犯的错误行动的意义来考虑，送还这尊佛像都是当然的，而且是正确的。"赵朴初副会长代表中国佛教徒欢迎日本人民的善意。他说，日本人民委托使节团把这尊佛像送还中国是和平友好亲善愿望的表现，祝佛光加被，善愿成就！

这时，中日两国代表及参加法会的佛教四众高颂佛号步出大雄宝殿，走进礼赞堂。

礼赞堂是为报答中日两国佛教历代祖师之恩举行礼赞的坛场。礼赞堂布置得庄严肃静，正中供着中国佛教历代祖师和日本佛教历代祖师的两个莲位，供桌上摆着供品，桌旁放着鲜花。先由中国僧侣诵经礼赞，次由日本僧侣诵经礼赞。

礼赞完毕，中国佛教协会副会长周叔迦居士和日本佛教亲善使节团副团长竹村教智上人分别讲话，盛赞中日佛教传统友谊。一个充满友谊与和平气氛、庄严殊胜的礼赞法会圆满结束。

9月17日上午，使节团一行参观了北京著名的佛教喇嘛寺——雍和宫、比丘尼丛林——通教寺，下午还参观了故宫。

9月18日上午，在赵朴初等人的陪同下，使节团离京赴山西太原、交城、西安等地访问。9月19日，在交城玄中寺为纪念净土宗的昙鸾、道绰、善导三位大师，中日僧众举行了隆重的法会。9月21日，亲善团到达西安，在三天中，先后参观了钟楼、大雁塔、八仙宫和省博物馆，参访了兴教寺、大兴善寺和广仁寺。出于对唐代高僧玄奘大师的尊崇，高阶陇仙团长还在大雁塔下取了一撮黄土精心包好带回日本留作纪念。9月25日，使节团回到北京。

9月28日上午，陈毅副总理在紫光阁接见了以竹村教智代理团长为首的全体团员（使节团团长高阶陇仙因事提前回国，竹村教智为代理团长）。在座的有中国人民保卫世界和平委员会副主席廖承志、国务院宗教事务局局长何成湘、外交部亚洲司司长张文晋、中国佛教协会副会长赵朴初等。客人提出了关于中日友好和佛教界方面的问题，陈毅副总理——详细作答，畅谈一个半小时后，大家合影留念。

9月30日上午，使节团来到中国佛学院参观访问。由赵朴初副会长陪同，使节团步入佛学院大礼堂，受到全体师生的热烈欢迎。赵朴初向师生——介绍使节团成员后，由佛学院副院长法尊法师致欢迎词。并请京都大学教授冢本善隆做学术

1957年9月19日，日本佛教访华亲善使节团参加山西玄中寺开光法会。图为巨赞法师、周叔迦居士、赵朴初居士手捧日本真宗大谷派、本愿寺派、净土宗三大本山使节团赠送的昙鸾、道绰、善导大师画像前往祖师殿供奉

报告。

　　提到冢本善隆，这里穿插一个有趣的小故事：台湾的星云大师在他的《百年佛缘》一书中写道：冢本善隆见到中国的出家人，一定要鞠躬。曾经有他的一个学生问他："为什么一定要向中国的学僧鞠躬呢？"他说："因为昔日的恩惠不可忘啊！"学生再问："可是时代不同了，那已经是过去了的事啊！"冢本教授回答说："事情虽然是过去了，但恩情还是在呀！"通过上面的问答我们可以看出教授是一个多么重恩重义的虔诚佛子。

　　冢本善隆博士的讲题是"法然请到日本的释迦佛像胎内的北宋文物"。开始，他说："今天，在新中国人民大喜的日子国庆的前夕，能够在这个与新中国建设同时进行的教育僧侣的中国佛学院做一次演讲，对于一向致力于中国佛教史研究的我来说，是一生中光荣的、值得纪念的日子。"接着，他边放幻灯片边讲解。他说，如果说印度佛教是中国佛教的母亲，那么中国佛教就是日本佛教的母亲，因为佛教是从印度传到中国，又从中国传到日本的。这是日本佛教徒永远要感谢你们的地方。讲座结束，冢本善隆教授将幻灯片作为礼物送给了中国佛学院。

国庆前夕，使节团全体团员应邀出席周恩来总理在北京饭店举行的盛大招待会。国庆节当天，他们被安排在观礼台，参加了中华人民共和国建国八周年国庆观礼，和中国人民一道欢度国庆。晚上在天安门看烟火时，竹村教智代理团长、冢本善隆、菅原惠庆副团长见到了毛主席。他们向毛主席表达了中日友好、世界和平的愿望，并祝毛主席健康长寿。毛主席和他们一一握手致意。

1957年10月3日，中国佛教协会与日本佛教访华亲善使节团在北京签署《关于禁止原子弹、氢弹和裁军的共同声明》，赵朴初居士、竹村教智长老代表双方在声明上签字

20年后的1987年4月，在接待以赵朴初为团长的中国佛教代表团的宴会上，菅原长老回忆起毛主席接见他们的情形仍然

激动不已。

10月3日上午，日本佛教访华亲善使节团和中国佛教协会签署了经充分讨论后主要由赵朴初起草的关于禁止原子弹、氢弹核裁军的共同声明。双方举行了签字仪式。赵朴初副会长在签字仪式上致辞后，竹村教智副团长和赵朴初副会长分别宣读了日文和中文版声明全文。随后，中日双方分别签名交换共同声明文本。

共同声明全文如下：

中国佛教协会、日本佛教访华亲善使节团关于禁止原子弹、氢弹和裁军的共同声明

我们代表中国佛教徒和日本佛教徒在佛陀慈光的光辉照耀之下，向全世界佛教徒及全世界人民就关于禁止原子弹、氢弹和裁军的问题，发表如下的声明：

在广岛、长崎上空爆炸的两颗原子弹所引起的灾难，以及在比基尼岛上空爆炸的一颗氢弹所引起的灾难，不只是日本人民的灾难，而是全人类的灾难。原子弹、氢弹的威胁，绝不只限于日本人民，而是全世界人民共同面临着的严重问题。

核爆炸所导致的空气污染和食物污染，直接影响到人类的身体，影响到人类的子孙，这一点已经为科学所证明。

应该即时停止试验这种将导致人类灭亡的核武器，并永远禁止使用；应当早日裁减各国现有的军备，以缓和国际紧张局势，使人类能够过上和平幸福的生活，唯此才合乎佛陀的精神。

中日两国佛教徒誓愿和亚洲佛教徒、全世界佛教徒以及全

世界人民紧密地合作，为禁止原子弹、氢弹和争取裁军而共同努力。

中国佛教协会代表　赵朴初

日本佛教访华使节团代表　高阶陇仙

1957年10月3日于北京

10月3日中午，中国佛教协会在新侨饭店举行欢送宴会，赵朴初副会长代表中国佛教协会向使节团赠送了礼物。宴会前，国务院宗教事务局局长何成湘接见了全体团员并同他们进行了友好交谈。

当晚，由中佛协副会长周叔迦居士陪同，使节团一行前往天津、沈阳、鞍山、南京、苏州、上海、杭州等城市访问。在天津，日本佛教访华亲善使节团一行前往抗日烈士纪念馆敬献了花圈并举行了追悼会。

日本佛教访华亲善使节团在中国参访一个多月，满载中国佛教徒和中国人民的友谊于10月21日离开广州经香港回国。

来访期间，中日两国佛教同道咏物、咏志、歌颂友谊、歌颂和平，相互酬答，为后人留下了脍炙人口的诗歌佳作：

日本佛教访华亲善使节团应邀有感

高阶陇仙

真智圆明觉性空，如来正法道风崇。

大千世界元平等，云外悠悠路自通。

真如法界自圆融，中日一心同愿通。

大道无门超国境，佛光明里脚头丰。

玄中寺法会，和高阶陇仙长老二首

赵朴初

火聚风轮几坏空，相逢无恙道犹崇。
东西岂有微尘隔，自是云仍一脉通。
念佛声中二谛融，玄中石壁十方通。
禅师沧海浮天到，般若田中乐岁丰。

遊晋祠

山田无文

圣母慈光未曾息，原泉混混尚新鲜。
周公治与毛公泽，万古流芳盛德圆。

和无文禅师游晋祠诗

赵朴初

唐碑宋像誇文物，治道于今视小鲜。
会见和平齐着力，万方同庆月轮圆。

庆祝国庆节

山田无文

仍心低首上长途，无隔交欢何敢图。
友好忘仇千岁德，侵攻破谊一朝愚。
赞同万国和平乐，敬仰兆民建设愉。
庆节相遇共相助，当今治道胜唐虞。

一九五七年国庆节，和无文禅师

赵朴初

垂天鹏翼奋长途，春色无边展画图。

誓度众生离苦厄，同登彼岸等贤愚。

胜欢佳节纷花雨，握手嘉宾尽悦愉。

好为和平相策勉，如兄如弟永无虞。

云淡秋空礼玄中寺，归途有作

赵朴初

千古玄中，一天凉月，四壁苍松。透破禅关，云封石锁，楼阁重重。　　回头白塔高峰，心会处、风来一钟。挥别名山，几生忘得，如此秋容。

1957年9月15至10月21日，日本佛教亲善访华使节团对中国36天的访问，是新中国成立后中日两国佛教文化交流画卷中浓墨重彩的一笔。这不仅像赵朴初所说："自从中华人民共和国成立以来，我们同日本佛教朋友虽然有不少接触，但是接待像这样一个正式代表日本佛教界的使节团还是第一次。特别是这个使节团是由全日本佛教会经过各方面协商郑重选派的，它包括日本各重要宗派的大德长老、知名学者和信众领袖。"而且因为从双方的讲话中我们可以明显体会到，中日佛教友好交流、中日人民友好来往、中日两国关系的发展所遵循的基本原则：尊重历史，面向未来，世代友好的大方向已经明确。

五、纪念鉴真和尚　敞开交流大门

在一次讨论民间外交的中央工作会议上，赵朴初提出："要做好文章，必须有好题目。鉴真和尚东渡，就是个很好的题目，它能唤起中日两国骨肉相连的情谊。"

1962年是鉴真大师圆寂1200百周年（公元762年，鉴真大师在日本圆寂）。日本政府将该年5月份定为"鉴真月"并准备举行盛况空前的纪念活动。当时中日尚未建交，但民间来往非常活跃。身为中国佛协领导人的赵朴初审时度势，认为这是弘扬中日文化交流，传承两国人民友谊的千载良机，于是大胆向周总理建言说，中日邦交正常化可以通过以民促官的方式实现，佛教是很好的载体，而鉴真大和尚可以担当民间大使，从而打开中日友好之门。此前赵朴初曾在不同场合关于共同纪念鉴真圆寂1200周年的话题试探过日本方面的口风，

保存在日本奈良唐招提寺的鉴真大师坐像

得到的答复是肯定的。周总理不久采纳了他的建议，中国决定与日本同时举行纪念鉴真圆寂1200百周年活动，并成立了以赵朴初为主任委员的"鉴真和尚逝世1200百周年纪念筹备委员会"，日本佛教界也成立了以大谷莹润为首的相应组织。

此时，赵朴初在《现代佛学》1963年第3期上发表《纪念鉴真大师，展望中日人民友谊的光明前途》一文。文中说："在我们两国文化血缘缔结史上，8世纪的鉴真大师，以他的献身文化的宏愿与克服困难的精神，永远放射着耀眼的光芒。……他以无私的国际精神，献身文化传播事业，并以坚强的意志和高度的领导能力，百折不挠，东渡日本，辛勤工作，取得多方面的成就，开辟了两国亲密互助的大门。……我们坚信，只要我们两国人民发扬前人精神，坚决负起时代使命，亲密合作，不懈努力，我们就一定能像前人一样突破一切险阻，实现我们共同的愿望与美好的未来。鉴真大师、荣睿大师的光辉事业将永远鼓舞我们前进。"

中国佛教界巨赞、慧风，文化界冰心，建筑界梁思成等也分别发表文章纪念鉴真、荣睿和普照。

与此同时，日中文化交流协会理事长中岛健藏先生在日本刊物《日中文化交流》1962年第66号发表《鉴真和尚的表彰年》一文。文章追述了鉴真大师的丰功伟绩后说："为了迎接鉴真和尚的纪念日，我们要同日本各界志同道合的人们同心协力，在回顾日本和中国文化交流的悠久历史的同时，把这一年当作鉴真和尚的纪念年，以表彰这位大和尚的伟大业绩。……从我们两国两千年的友好历史来看，最近几十年的乌云，虽然是短期的，但是留下了深刻的不幸。产生这个不幸的原因在于日本。可是两国人民团结合作的前景，仍然是光明的，是有希望的。……日本的文化，由于接触到西欧文化而获得了飞跃的发展，这也是明显的事实；同时，日本人一面吸收外来文化，一面形成了自己的文化，这也是事实。但日本文化传统的基础，则是中国文化。出现于两国间的乌云，是日本在吸收西欧文化过程中的不幸的副产物。为了扫清这一片乌云，今天回顾一下两千年的历史，是具有极其重要意义的。……现在的历史情况发生了变化。老是留恋过去，那是固步自封的愚行；相反的，忘了过去也是不明智的。日本和中国文化的交流和友好，是在历史洪流中培育起来的，今天，它在世界历史新的情况下，将会开出新的花朵。……从前日本的遣唐使是日本官吏，是代表国家前往中国的。据说鉴真和尚从中国到日本，是隐瞒了目的地而偷渡来的。现在日本和中国文化交流的情况，恰恰与那时相反，从而使人越来越加深对他的思慕之念。"

日中友好协会理事长三岛一也在日本刊物《文化评论》1963年第3号上，以《中日文化交流与鉴真》为题发表长篇文章。文中说："鉴真自逝世至今年5月6日，适值1200年。不久之前，中国佛教协会的赵朴初先生向日中佛教交流恳谈会热烈地发出号召，希望共同进行纪念活动。日中佛教交流恳谈会和其他佛教界人士，立即响应了这个号召（去年秋天日中文化交流协会和中国方面所签的协定提到了这个问题，并向各界提出，促使这个计划的实现。）"接着，该文详尽追述了鉴真和尚的生平及他一生在中日文化交流方面的丰功伟绩。文章中还说："鉴真是日本佛教界的恩人。……鉴真是日本文化史上的伟人。……回顾1200年前中国人鉴真和尚，他衷心希望中日文化交流。为传播真理于日本，不惜身命，几次出生入死，不为权威和阻挠所屈，甚至双目失明竟能完成其志，终于架起了中日两国间的桥梁。这一事实，对于今天希望恢复中日邦交，为友好亲善而努力的我们，是一种很大的鼓励。……鉴真的时代，由于海上的风浪和种种人为的障碍，文化交流曾一时受阻。今日妨碍中日友好和恢复邦交的，既不是风浪，也不在于中国方面。毫无疑问，这种障碍在于美帝国主义和隶属它的日本垄断资本和政府，及日美安全体制……如东洋文库的例子，美国就是要使用日本学者，要他们以反革命的、反共的、反人民的意图，来研究现代中国和现代佛教的。……对于现实的各种障碍（包括赖肖尔路线——美国住日大使赖肖尔拉拢日本学者执行反华亲美的路线），日本人民从反对'安全条约斗争'以来，在为独立、和平、中立、民主及提高生活的斗争中，认清了这个问题。……我们要为响应中国纪念鉴真和尚圆寂1200周年的号召而努力。日本佛教界不用说，就是学术界、文化界、政党、和平友好贸易各种团体，乃至工会、农民组织、中小企业界和一般劳动人民，都应尽量广泛地团结起来，促使这个事业的成功。"

日本佛教界重量级人物大西良庆、文化界井上靖等也在刊物上发文纪念鉴真、荣睿和普照。

鉴真大师生于武则天垂拱三年（687年），圆寂于唐广德元年（763年），阳寿76岁。他俗姓淳于，扬州江阳人，14岁出家，游洛阳、长安、荆州等地，投诸大丛林善知识门下，学习律部与天台教观，成为一代学行兼优的法门巨匠。

鉴真大师46岁回扬州大明寺弘扬佛法。他昼夜教授众徒，

扬州大明寺

并开坛传戒，数年间名耸江淮、声震四方。他所教导的弟子著
名者35人，各自倡导一方以弘师道。正像日本著名作家、《天
平之甍》的作者井上靖所说的："作为一个善知识僧，他自然
是很卓越的；但宗教家最为需要而常易丧失的实践热情，鉴真
是始终没有丧失而保持着的。"先后十余年间，鉴真大师书写
三部经藏，修寺院八十余所，造佛像不可计数。并开悲院以济
穷困百姓，亲自煎熬中药而救治贫病。于是，其名声益显，从
其出家受戒者达四万多人。

隋唐时期，日本政府派学僧来华深造已成惯例。留学僧中
有荣睿、普照二人，负有日本圣武天皇（724—749年）来邀请
中国高僧赴日弘传戒律的使命。原因是由于当时日本"律令政
治"对人民的搜刮和官吏的腐败产生了农民出家流亡和僧尼行
为的堕落等问题，光靠禁令是解决不了的。于是政府决定从中
国邀请能够正式传授戒律的高僧，这是荣睿和普照同日本遣唐
使来中国的使命之一。他们在中国长安等地学满十年后，游学
至扬州大明寺，亲见鉴真大师学问渊博、授徒严格，于是倾倒

不已。他们再三恳请55岁的大师随其东渡弘法。大师感于日本虽"山川异域"而"风月同天"的道谊，慨然应允。

当鉴真大师鼓励自己的弟子，东渡"有缘之国"弘扬佛法时，听到一些害怕远涉大海风涛，"百无一至"的吝惜生命的声音。鉴真大师发出狮吼般的誓言："为是法事也，何惜生命！诸人不去，我即去尔！"鉴真就用这样藐视困难、意气风发的誓言，把自己的身心生命许给了日本僧俗人民。

从唐天宝元年冬天起11年间鉴真五次东渡，都因台风、翻船、官兵追捕等天灾人祸半途而废。天宝十二年（753年），鉴真66岁，已历经五次东渡的失败、双目失明的打击，但他东渡大愿未减。这时，日本遣唐使久闻鉴真五次东渡的故事，怀着崇敬的心情谒见大师，邀请东渡。鉴真率僧俗弟子24人，携带佛像、经书、法物与珍贵礼品，分乘日本大使的四只大船，于11月间出发，海上漂流30多天，12月20日东渡扶桑成功。

鉴真和尚一行抵达奈良，受到日本朝野僧俗的普遍欢迎。孝谦天皇特命安置一行人住进日本首刹东大寺，授鉴真和尚以全国僧侣传授戒律的大任。鉴真依带去的《戒坛图》建造了戒坛。

是年4月，圣武太上皇夫妇、孝谦皇帝夫妇、皇太子（即后来继位的淳仁天皇）登坛，乞鉴真为师而受菩萨戒，依次百官受菩萨戒，四百余沙弥受比丘戒，八十余名高僧大德舍弃过去所受戒，而重新从鉴真受比丘戒。所以日本律宗尊鉴真为第一代祖师。他在日本弘法十年，孝谦天皇最初授给他"传灯大法师"位，后来又授予他最高僧官之职"大僧都"；淳仁天皇授他"大和尚"称号。

鉴真在日本奈良所建的唐招提寺

鉴真去日本的主要目的在于授戒传律。因为离开祖国前他便双目失明，到日本后的公开活动很少，但凭着惊人的毅力，通过耳听弟子们朗读而纠正了当时日本主要经书原来的错误，并和众弟子一起在和当时日本保守派僧侣的斗争中确立了戒律。

鉴真在奈良仿照扬州大明寺建造了唐招提寺讲经说法，座下弟子常满三千。他并把中国的建筑、雕塑、医学、医药、绘画、书法、文学、印刷等先进文化知识传到日本，大大促进了日本社会各方面的发展，为中日文化交流作出卓越贡献。大师虽在日本生活不过十年，但深受日本佛教界及社会各界人士的敬重，称其为"日本佛教与日本文化的大恩人"、"日本文化史上的伟人"、"日本文化的传播者和缔造者"。大师圆寂后，以其真身制作的坐像一直在奈良大唐招提寺供奉，至今已有1250余年。

以医药方面为例：鉴真精于医药，他在扬州时，即以医药济施贫病；在日本，又为光明皇太后治好了疑难病症。那时日本医药知识尚少，药物真伪混杂，而鉴真以鼻代目，闻香判辨，鉴定真伪。在日本曾有鉴真秘方广泛流布，据传即他治病处方的记录。14世纪以前，日本人把鉴真奉为医学始祖。直到德川时期，日本药袋上都贴着鉴真肖像。鉴真对日本古代医学、药学的贡献以及当时日本人民对他的尊崇可想而知。

鉴真以76岁高龄圆寂于唐招提寺，称德天皇追谥他为"过海大师"。日本四代天皇一直十分尊敬鉴真，这是中日两国政府与两国广大人民友好情谊的有力体现。鉴真坟墓至今尚完好地保存在招提寺东北松林深处，成为日本广大僧俗佛子瞻礼追思的圣迹。

鉴真大师是中日友好的使者，是中日友好关系史上不朽的人物。他倾毕生之力倡导"见和同解、利和同均、口和无诤、身和同往、戒和同修、意和同悦"，惠及当世、波披千载。他的精神是中日人民共同的宝贵财富，他的不朽业绩是中日人民的共同骄傲。

赵朴初提出，中日两国佛教界、文化界共同在鉴真故乡举行各种纪念活动。国务院决定在扬州大明寺建立鉴真纪念堂。该建筑由著名建筑学家梁思成参照日本奈良唐招提寺金堂设计，典雅古朴，保存了唐代的艺术风格。并建有碑亭和纪念碑，碑的正面是郭沫若先生写的"唐鉴真大和尚纪念碑"，背面是赵朴初居士写的纪念碑文。由赵朴初倡导，在与荣睿有缘的广东肇庆市郊外的庆云寺还修建了伴随鉴真东渡，圆寂在途中的日本僧人荣睿纪念碑。

在日本国内，佛教界、文化界及其他社会各界都开展了丰富多彩的纪念活动。日本各大城市的主要建筑物上都悬挂大字标语，把鉴真称作日本文化的大恩人。日本国内的纪念活动还邀请中、韩等国家派团参加。

1963年5月，赵朴初应"全日本佛教会"之邀，率中国佛教代表团赴日访问，并参加日本佛教界、文化界"纪念鉴真和尚逝世1200周年"的庆典。在纪念大会上赵朴初作了以"弘扬鉴真精神，加强中日友好"为题的书面发言（因未赶上大会的召开），受到与会者的高度评价。

代表团在日本半个月中先后访问了奈良、宇治、京都、大阪、高野山、福井、延历山、镰仓、横滨、东京等地，参观了名山大寺32处，参观了工厂、学校、医院等许多场所，参加了

1963年5月5日，应全日本佛教会的邀请，中国佛教协会副会长赵朴初率中国佛教访日友好代表团赴东京参加日本佛教界、文化界举行的"纪念唐鉴真和尚逝世1200周年"活动。图为代表团一行在日本临济宗大本山妙心寺合影

大小集会十余次，会见了佛教及其他宗教的朋友及作家、戏剧家、建筑家、音乐家等各界人士。

赵朴初回国后发表在北京《大公报》上的《中日人民友好的丰碑》一文深情地写道："我们有时置身现代化都市之中，有时行脚于深山幽谷之内，有时陪伴年近百岁的老人谈今论古，有时接受天真的幼儿歌唱献花，有时畅怀于千人广座的高谈，有时忘形于风雨联席的夜话，境界的变化往往朝夕悬殊，但是不论什么场合，都有一个共同之点，那就是日本人民对中国人民的友情。我们到处受到热烈而殷勤的欢迎与无微不至的招待。特别令人感动的是，许多年高德硕的长老，如93岁的古川大航长老、89岁的大西良庆长老、88岁的高阶陇仙长老，都是不辞辛劳地亲自接待，或由别处远来迎送，相见亲若家人。5月19日，我们启程回国，临别时，89岁的著名学者椎尾弁匡博士由外地回到东京，不及休息即赶到机场和我们相会。这位老人在三年前已双目失明了。当他在旁人搀扶下走进候机室时，不禁使人联想起鉴真大师的形象。他高举双臂领导众人高呼：'中日两国佛教徒友好万岁'，把当时宾主的亲情别绪引到了高潮。虽然只有半个月的时间，但这一类的事例，不胜枚举。上面所提到的这些已经足以说明'中日友好'这一千数百年种下的金刚不坏的种子，尽管遭遇到霜欺雪虐，风吹雨打，而今天在日本人民心中是在怎样地抽枝发叶，遍地开花，这也就说明今天日本人民这样普遍热烈地纪念鉴真大师所以然之故。"该文最后指出："纪念先辈，主要是为着策励将来，为着策励我们继承先辈的不畏艰难险阻的精神与不朽的业绩，为促进中日人民友好合作共同保卫亚洲与世界和平，贡献我们最大的努力。"

日本各界把1963年5月至1964年5月叫做"鉴真年间"，各种纪念活动持续不断。日本"前进座"剧团公演了根据名作家井上靖的小说原作改编的歌舞剧《天平之甍》，博得日本各界的一致好评；音乐人土歧善磨正在创作能乐剧目《鉴真》。由于活动延续时间长、参加人数多、纪念范围广，在日本形成广泛影响，掀起了加强中日友好、促进两国邦交正常化的热潮。

1963年6月，赵朴初在《现代佛学》发表《纪念鉴真大师，展望中日人民友谊的光明前途》一文。文中满怀深情地写道："在我们两国文化血缘的缔结史上，8世纪的鉴真大师，以他献身文化的宏愿与克服困难的精神永远放射着耀眼的光芒……在我们友好的道路上，经常总会有各种各样的障碍，鉴真大师之特别值得纪念，就在于他那突破障碍的惊人毅力。远古时期，中日两国之间的主要障碍是海洋，随着文明的进步，自然的障碍逐渐被克服了，而社会的障碍却复杂起来。鉴真一方面要以极大的决心克服海上的风浪，另一方面又要以极大的决心来对付社会上的阻挠。历史主流不断前进的同时，总不免有逆流的出现。中日两国人民友谊发展的过程正好说明这一规律。一面是人民在尽力寻求友好，一面也有人在存心破坏。荣睿在中国甚至受到缧绁之灾，鉴真在日本据说也遭到过诽谤。特别是统治者们为了自私的目的，有时会宣布海禁，阻止人民的来往；有时肆行扩张，给人民造成灾祸。这些反历史、反人民的逆流，也如海上的波涛一样，一股风来，可以显得颇为汹涌，但是终究改变不了潮流的方向，风一过去，也就归于消失。真正留下长远影响，活在人们心中，受着人们敬爱的，只是那些为两国人民的友情种下好因、结出善果的诚诚恳恳的工作者。1200年的时间过去了，自然的阻力基本上不存在了，但人为的阻力则毋宁说是益加复杂。鉴真时代碰到的还只是内部顽固势力的牵制；而我们今天，则于内部问题之外，还要对付从另一半球来的，插身我们中间不许我们交好的邪恶势力。排除这些魔障，恢复我们的正常关系，发扬我们的传统，谋求我们的和平幸福，这是当前中日两国人民继承鉴真事业应该共同努力的目标。"

读完这段文章，看一下当前形势，我们可以充分意识到先哲之言非虚也。

但作者对中日人民友好的未来充满信心。文章最后写道："历史的道路尽管曲折，而起决定作用的毕竟还是人民。中日两国人民受过悠久的文化熏陶，经过多种艰难的锻炼。我们的祖先在我们前头开辟过许多道路，遗留下许多榜样。我们有智慧辨别什么符合我们的真正利益，什么只会给我们带来灾害。我们有勇气面对一切局面，突破一切困难。固然今天的情况有很多是过去不曾有过的，但今天的条件则远远超越了我们的前人……从我们共同纪念鉴真这一实例，我们可以充分觉出，中日人民传统友谊这一历史主流正在怎样地冲击着横亘在我们中间的魔障。我们坚信，只要我们两国人民发扬前人精神，负起时代使命，亲密合作，不懈努力，我们就一定能像前人一样突破一切险阻，实现我们共同的愿望与美好的将来……"

应中国佛教协会邀请，为参加中国纪念鉴真逝世1200周年活动，以金刚秀一为首的日本佛教代表团和以研究鉴真的史学专家安藤更生为首的日本文化代表团到达北京。10月3日中午，鉴真和尚逝世1200周年纪念筹备委员会举行宴会招待日本客人。出席招待会的有赵朴初、廖承志、楚图南、肖贤法等有关方面负责人。

鉴真和尚逝世1200周年纪念筹备委员会主任赵朴初首先讲话。他说，鉴真大师、荣睿大师、普照大师各位先德极不平凡的经历，向我们提供了中日两国人民亲密合作的崇高范例。他们的形象将永远活在我们心中，鼓舞着我们向我们更美好的将来共同前进。

金刚秀一和安藤更生在讲话中分别追忆了鉴真大师的光辉业绩，并表示要把它作为中日友好的基础，把中日两国人民心中燃烧起来的热情扩大到为世界和平作出贡献。

1963年10月3日上午，中国佛教协会在广济寺隆重举行法会，纪念鉴真和尚逝世1200周年

招待会上，中国人民对外文化协会会长楚图南，日本文化界代表团团员、日本著名作家、鉴真传记——《天平之甍》作

者井上靖，日本佛教代表团顾问、年近九十高龄的大西良庆长老为中日两国文化交流和中日两国人民的友谊进一步巩固和发展频频举杯。

1963年10月4日下午，首都北京佛教界、文化界、医药1500多人隆重集会，纪念鉴真和尚逝世1200周年。人大常委会副委员长、中日友好协会名誉会长郭沫若，中日友好协会会长廖承志，中国人民对外文化协会会长楚图南，鉴真和尚逝世1200周年纪念筹备委员会主任委员、中国佛教协会副会长赵朴初等出席了大会。

大会在政协礼堂举行。主席台正中悬挂着鉴真和尚像，两旁挂着"七六三——一九六三"的字样，台上摆放着四季常青的棕榈树。主席台对面高挂着巨幅标语："加强中日两国人民的文化交流"，"中日两国人民的友谊万古长青"。

以金刚秀一法师为首的日本佛教代表团，以安藤更生为首的日本文化界代表团，以宫崎世民为首的第七次日中友协访华代表团，日本工业展览会副总裁铃木一雄和平也三郎，以中西义雄为首的日本部落解放同盟青年，妇女代表团和在北京的日本和平人士西园寺公一等应邀出席大会。

大会由楚图南会长主持，赵朴初以"古代中日文化和友谊的伟大传播者鉴真大师"为题发表长篇讲话。

他说，今天我们纪念鉴真和尚逝世1200周年，其意义首先是表示追怀历史人物、表达敬意，但更重要的是，通过这位历史人物极不平凡的经历和他遗留给我们的深远影响，使我们更深刻地认识中日两国人民友谊的可贵，因而更明确我们今后共同努力的方向，更加坚定我们一定能够突破一切困难，获得永久和平世代友好的信心。

赵朴初还回顾了为中日两国文化交流事业而献出生命的日本僧人荣睿大师的事迹。最后他说："鉴真大师、荣睿大师们的光辉事迹和精神，鼓舞着我们共同前进。通过我们两国人民对他们的纪念活动，愿他们以生命和血汗建造起来的中日友谊传统发出更大的光芒，走上一个更加紧密、更加巩固的新阶段。"

接着金刚秀一团长在讲话中追述了鉴真大师的事迹。他说："鉴真大师被尊为我国佛教七宗之祖，……我们日本佛教徒一直学习着他那不屈不挠的佛教精神。……让我们佛教徒站在适应现代的新的生活规范上，加深日中两国的佛教交流，并克服所有障碍，从而加强日中两国的友好亲善，为确立亚洲和平与世界和平而勇猛精进。"最后他高呼口号："日中两国佛教徒友好合作万岁！日中两国亲善友好万岁！世界和平万岁！"

会后，日本客人分别向鉴真和尚逝世1200周年纪念筹备委员会赠送了日本名雕塑家本乡新仿制的鉴真大师造像和一个香炉。日本佛教代表团还在所赠大师像前诵经祝愿。赵朴初陪同郭沫若副委员长接见了日本佛教代表团和日本文化界代表团，和他们进行了亲切友好的谈话。

由赵朴初陪同，两个日本代表团14日下午从南京乘汽车抵达扬州。当晚，扬州市副市长钱承芳设宴招待客人。

10月15日上午，扬州市文化界、医药界、佛教界200多人隆重集会，纪念鉴真和尚逝世1200周年。纪念鉴真和尚逝世1200周年筹备委员会主任、中国佛教协会副会长、中日友好协会副会长赵朴初出席了大会。以金刚秀一为首的日本佛教代表团和以安藤更生为首的日本文化界代表团应邀参加了大会。

大会结束后，扬州市佛教协会举行了纪念鉴真和尚逝世1200周年法会。

当晚，中日两国佛教徒发表共同声明。《共同声明》中文本如下：

中国日本佛教徒共同声明

日本庆赞鉴真和尚访华佛教代表团和中国佛教协会，为了发扬鉴真和尚不屈不挠的精神，仰托佛陀慈光，在现时代中，共同奉持如来誓愿，使佛日增辉，法轮常转，并为确立两国间持久和平友好而努力。为此，双方就如下事项达成协议：

一、为了把鉴真和尚早在一千二百年前，为日中两国佛教交流、文化交流及人民友好所作出的功绩贯彻到现时代中来，双方将进一步推动纪念鉴真和尚遗德的事业，并继承和尚的行愿，为日中两国永不相犯、世代友好而努力。

二、中国佛教协会对日本佛教界及各界人民尊重和护持鉴真和尚的伟业和遗产，表示敬佩与感谢。双方将继续研究及交换有关鉴真和尚的文物资料。

三、日本佛教代表团对于中国佛教界表彰曾为邀请鉴真和尚东渡忍受种种困难的日僧荣睿、普照两法师的遗德表示感谢。双方将继续进行两法师的表彰活动。

四、为了使两国佛教徒的交流经常化，双方佛教徒将共同合作表彰曾对两国佛教交流及人民友好作出过贡献的求法、弘法各宗祖师先德的功绩。

中国佛教协会　赵朴初

日本庆赞鉴真和尚访华佛教代表团　金刚秀一

一九六三年十月十五日于扬州

日本佛教代表团离开扬州，于10月21日到达广东肇庆鼎山湖，参加了"鉴真和尚逝世一千二百周年纪念委员会"为纪念日本入唐留学僧荣睿法师竖立的纪念碑的揭幕仪式和法会。

荣睿大师纪念碑高高地矗立在庆云寺内，上面赵朴初亲自题写的"日本入唐留学僧荣睿大师纪念碑"14个大字赫然在目。日本庆赞鉴真和尚访华佛教代表团全体成员在纪念碑前诵经顶礼。他们触景生情，追慕1200年前历尽千辛万苦而夙愿未酬圆寂在异国他乡的荣睿大师，不禁感慨万千。日本庆赞鉴真和尚访华佛教代表团顾问大西良庆长老即兴赋和歌一首，表达了大家当时的心情：

吾等站立碑前，不禁百感交集，仅以日本和歌一首奉献荣睿大师

千里路迢迢，扶桑故土奈良城，庆云喜相逢。

故寺添新碑，追思唐人情无限，感慨万万千。

缅怀先人志，弹指一挥逾千年，徘徊忘回返。

日本两个代表团在中国友好访问25天，满载中国人民的深情厚谊于10月23、24两天先后取道香港回国。

早年日本名作家井上靖将鉴真的真实事迹写成一本小说，名曰《天平之甍》。此时，由戏剧家将其改编成话剧，搬上舞台。在东京连演40场，场场爆满。小说和话剧都叫《天平之甍》，"天平"指日本奈良时代，相当于唐玄宗天宝年间。"甍"中文指皇帝、诸侯等大人物之死。日文却指屋顶之瓦的意思。当年鉴真东渡扶桑，在奈良修了日本律宗总院唐招提寺，寺中金堂屋脊上保留至今的鸱尾被称为"天平之甍"（奈良时代的瓦），相传是鉴真东渡时从唐朝带去的，是日本国宝级的文物。这说明鉴真师徒及他们的功绩在作者心目中就如日本天平时代文化的屋脊。此剧后来搬上银幕，两者都译成中文，20世纪80年代在中国各地演出，加深了中日两国人民的相互了解。

赵朴初访日时，一天晚上曾在京都的一个剧场看了话剧《天平之甍》的演出。演出结束时，他走到后台，同饰鉴真的演员河原崎长十郎见面。两人一见如故，彼此紧紧握手、热烈拥抱。河原先生激动不已、热泪盈眶。十年后，接河原来书，赵朴初回忆起这段往事，赠答诗一首：

河原崎长十郎先生自广州来书奉答

忆君十年前，绝艺演盲圣[①]。

倾倒两邦人，至情与至性。

访我于京都，倾谈泪横迸。

谊如连枝亲，义比同袍胜。

今年宿愿偿，风月同天庆[②]。

闻君憩岭南，待君更北进。

祝君寿康宁，师子常奋迅。

原注：①鉴真和尚东渡，五次航海失败，第六次成功到日本时，双目已失明，后人称为盲圣。井上靖先生著有《天平之甍》小说，叙述鉴真东渡事迹，依田义贤先生据之编成剧本。一九六三年公演时河原崎先生扮演剧中主角鉴真和尚。

②鉴真在扬州应日僧之邀请时，曾述日本国长屋王子赠送我国僧衣故事，衣上绣有"山川异域，风月同天"之语。

由赵朴初发起，中日两国共同纪念鉴真大师圆寂的活动使中日两国文化交流的大门进一步敞开，使两国人民的相互了解进一步加深、共同渴望和平的心声取得共鸣、传统友谊进一步加强。

"鉴真年间"，中日两国互相呼应的各种纪念活动声势浩大，在两国民众中产生了广泛而深远的影响，一个有广泛阶层民众参加的中日友好运动在日本全国蓬勃发展，各界友好人士，纷纷要求日本政府改变对华政策。特别是20世纪70年代，在日本各类促进中日邦交正常化的组织相继成立并在日本广泛开展促进中日邦交正常化的群众运动。由320多名国会议员组成了超党派的团体"促进中日邦交议员联盟"和由经济界、政界、文化界以及工会、青年、妇女团体参加的"日本促进恢复日中邦交国民会议"等组织，在20世纪70年代初相继成立，掀起了声势浩大的群众运动，加之在联合国大会上"恢复中国席位、驱逐国民党政府"的议案以大多数赞成票获得通过，以及1972年2月，美国总统尼克松实施"越顶外交"，访问中国并发表《中美联合公报》等，国际形势向有利于中日两国人民要求和平友好的方向发展，中日恢复邦交指日可待。

这期间，1963年10月3日，根据中日民间往来的发展和需要，在周总理的倡导下，由中华全国总工会、中国佛教协会等19个全国性人民团体发起成立中日友好协会。10月4日，中日友好协会成立大会在北京举行。陈毅副总理、日本前首相石桥湛山等中日双方各界代表500余人出席成立大会，郭沫若任名誉会长，廖承志任会长。副会长由南汉宸、周而复、赵朴初担任。

1964年春天，"鉴真年间"有组织开展的各种纪念活动已接近尾声，3月16日上午，日本著名文艺评论家、日本鉴真和尚逝世1200周年纪念委员会代表龟井胜一郎先生协同白土吾夫先生访问了我国鉴真和尚逝世1200周年纪念委员会。中国佛教协会副会长、鉴真和尚逝世1200周年纪念委员会主任委员赵朴初及委员林林、梁思成、谢冰心、巨赞、楼适夷等接待了他们。

宾主在极其亲切友好的气氛中，彼此介绍了两国人民纪念鉴真和尚的活动情况、互相表示感谢。双方满意地看到：这次中日两国纪念鉴真和尚的广泛活动，对于两国佛教界、文化界的互相合作，对于两国人民的团结友好，都起了进一步的推动作用。

龟井先生谈到日本方面在纪念鉴真和尚活动的影响下，鉴真和尚带到日本的汉医、汉乐等方面得到更多人的注意。

宾主双方许多人都是老朋友，大家共叙家常，极为欢洽。大家一致认为，纪念鉴真是长期的，今后我们还要继续努力，深入开展，使鉴真精神在中日两国人民谋求团结友好和保卫世界和平的神圣事业中充分得到发挥。

5月26日，北京《大公报》发表了龟井一郎先生"热望日中友好的呼声"一文。这是一篇访问中国后"带着一颗充实的心回到东京"的日本人向自己的同胞发出的呼声。

龟井先生回到日本后，参加了许多日、中友好组织和人士举办的活动，尤其是参加了3月28日一个支持日本各界25位著名人士关于开展恢复日中邦交爱国运动的呼吁书而举行的日本各地各界代表800人的会议。所有出席会议的人对实现日中邦交正常化这一点上是完全一致的，使他深受感动，认为"这样广泛的统一战线，只有在日本同中国关系问题上才可能出现"。为"恢复日中邦交的要求"，3月28日这个会议，"决定开展征集3000万人签名的运动"。这个运动"正以全日本的规模蓬勃开展"。文章还追述了中国文艺团体赴日演出，以及书法、围棋、文学、体育等代表团访日，日本工业展览会在中国举办促进了两国人民的相互了解，加深了友好情谊。文章最后指出："在日本人民希望日中友好的呼声中潜藏着争取日本真正独立、建立健康而壮丽的民族文化的坚强决心。"

1964年8月31日，中国中日关系史研究会（后改为中国中日关系史学会）成立，赵朴初当选会长，在他的领导下，该学会在不同时期，确定不同题目，为促进中日友好出谋划策、为中日友好事业作出很大贡献。

1972年7月，新任首相田中角荣和外相大平正方审时度势，上任伊始便宣称"加速实现同中华人民共和国的邦交正常化"。

同年9月29日，《中日联合声明》在北京签字，宣布中日两国恢复正式外交关系。在中日双方的共同努力下，克服各种阻力，1978年8月12日，又签订了《中日和平友好条约》。为此，赵朴初填词一阕表达喜悦心情：

庆东原

中日和平友好条约签订志喜

豪气千山发，

欢声两岸潹，

二千年史册添佳话。

喜辛勤种瓜得瓜，

遍西东天涯海涯，

结同心彩带如霞。

太平洋长护太平花，

好相扶不许谁称霸。

友好之路越走越宽，南京和名古屋结为友好城市。当时，赵朴初正陪同日本友人访问南京，他为此写短诗一首："杯再举，酒再斟，喜中闻喜讯，亲上又加亲。从此南京名古屋，交流万代弟兄情"，并作说明如下："1978年陪日本友人至南京，电视传来邓副总理抵达日本及中日和平友好条约互换批准书盛况。余在宴会上朗诵诗篇，宾主举杯欢呼。旋又闻廖承志会长在日本宣布南京与名古屋结为友好城市之喜讯，固作此志庆。"

12月21日南京市革委会主任储江率南京市友好代表团首次访问名古屋，在参加两市缔结友好城市仪式上，把赵朴初亲手所书庆贺两国结好诗轴赠送给名古屋市政府。

　　1978年12月21日，签字仪式在名古屋市政厅隆重举行。第二天中方代表团参观市内一个叫上饭田南的新村时，居民负责人对代表团说："我们向老天爷发誓，日本人民要同中国人民世世代代永远友好下去。"

　　1981年5月31日，中国的江苏省和日本的爱知县结成中日友好省、县，赵朴初写诗志喜：

江苏省、爱知县结成友好省、县，志喜

三河①物似三吴②，
布帛陶瓷多可喜③。
前年城市结金兰④，
今朝省县联亲谊。
洞庭枇杷⑤尾张酿⑥，
赏心乐事无时已。

　　原注：①三河，爱知县古名。②三吴，指江苏。③爱知向来以纺织、陶器著名，与江苏相似。④前年名古屋、南京结为友好城市。⑤苏州洞庭山枇杷有名。⑥张，也是爱知县古名，爱知酒酿制的食品有名。此句以友谊比喻像枇杷和酒酿一样甜美。

　　中日友好的潮流势不可挡。不久，日本的274个都、道、县、村、町分别和中国的首都、直辖市、省会、地级市、县级市建立了友好关系，成为姊妹城市。这大大方便了双方人员的交流，增进了彼此的了解，加深了相互的友好感情。

　　中日建交使两个社会制度不同、长期处于对立状态的大国走向和解是多种因缘聚会的结果，但和两国民间友好人士的长期努力是密不可分的，而由赵朴初精心设计并付诸实践的中日佛教文化友好交流所掀起的民间友好热潮则为中日关系正常化奠定了深厚的群众基础。

六、纪念玄奘法师　增进中日交往

1963年10月15日，在扬州由中国佛教协会副会长赵朴初和日本庆赞鉴真和尚访华佛教代表团团长金刚秀一签字的《中国日本佛教徒共同声明》第四条是："为了使两国佛教徒的交流经常化，双方佛教徒将共同合作表彰曾对两国佛教交流及人民友好作出过贡献的求法、弘法各宗祖师先德的功绩。"

1964年迎来玄奘法师逝世1300周年，中日双方均准备举办大型纪念活动。

玄奘法师在我国和亚洲的佛教和文化史上都占有重要地位。鲁迅先生曾把他称作"中华民族的脊梁"。通过他不顾艰难险阻到印度取经和以百折不挠的毅力回国译经，不仅丰富了中国佛学宝库，也大大促进了我国及亚洲各国、各个民族之间的友谊传播和文化交流，在历史上留下了深远而广泛的影响。

为了纪念这位历史上的光辉人物，我国佛教界、文化界的六个单位，即中国人民保卫世界和平委员会、中国人民对外文化协会、中国文学艺术界联合会、中国美术家协会、中国历史学会、中国佛教协会，共同组成"玄奘法师逝世一千三百周年纪念委员会"，一致推选赵朴初为主任委员。日本方面得到日中文化交流协会、全日本佛教会和朝日新闻社的后援成立了"玄奘三藏圆寂千三百年纪念会"，选举纪念会发起人龟井胜一郎先生为主任委员。

6月27日,由我国七个单位组成的"玄奘法师逝世一千三百周年纪念委员会"主任赵朴初主持,在全国政协礼堂举行了隆重而庄严的纪念大会。会场上悬挂着大幅金字标语:"加强亚洲人民的友好团结!""发展亚洲各国的友好交流!"

1964年3月18日,郭沫若副委员长会见来华出席玄奘法师逝世1300周年纪念活动的日本佛教界人士西川景文长老、大河内隆弘长老、中浓教笃法师

出席大会的有中国人民保卫世界和平委员会主席郭沫若、中国佛教协会会长喜饶嘉措以及有关单位的领导。应邀参加大会的除日本朋友外,还有柬埔寨、锡兰、印度尼西亚、老挝、蒙古、尼泊尔、巴基斯坦、越南民主共和国和越南南方等亚洲10个国家和地区的长老、喇嘛、比丘、比丘尼和男女居士30多人。

会议由中国文学艺术界联合会副主席茅盾先生主持并致开幕词,接着,"玄奘法师逝世一千三百周年纪念委员会"主任委员赵朴初做了讲话。

赵朴初比较详细地介绍了玄奘法师的伟大业绩,指出玄奘"是历史上我国佛教优良传统最典型、最圆满的体现者"。他称道玄奘"那一往直前、决不后退的坚强意志，刻苦钻研、求深求透的治学精神，认真严肃、不弃寸阴的工作态度；对祖国学术无限的责任感，对于各国友好的真挚热情，都是永远值得我们学习的"。最后他说："我们纪念玄奘法师，最重要的还在于继承和发扬玄奘在事业上的勇猛坚强的精神。关于他在历史上为亚洲各国人民建立起来的友谊传统，则尤其具有重要意义。

玄奘法师像

十几亿亚洲人民已经觉醒。我们发现了我们光荣的过去，也看见了我们美好的将来。目前我们一致要求的正是彼此间的平等、互助、友好、团结。尽管邪恶势力还在千方百计企图进行欺骗、破坏、挑拨离间，但是命运已经掌握在我们自己手中，亚洲人民被宰割和被隔离的时代肯定是一去不复返了。在这个关系到整个亚洲人民乃至整个人类前途的伟大事业中，玄奘法师一千多年前在万分艰难的情况下所作出来的成绩，无疑地是一个鼓舞我们的巨大力量。玄奘法师这一方面的事业是一定会继续下去，而发扬光大起来的。"

来自亚洲各国的佛教界代表也纷纷发言盛赞玄奘法师。日本佛教界人士说，玄奘的名字在日本家喻户晓，甚至连小孩子都知道。89岁高龄的日本高阶陇仙长老讲话中说到，由于玄奘法师所翻译的大量佛教经典传到日本，"使日本佛教得到了他的恩惠"。高阶长老还朗诵了他为玄奘法师写的七绝汉诗两首。诗曰：

纪念玄奘三藏法师

一

玉华殿上法云香，真智圆明不可量。

奉勅遗功辉万世，译经大业仰三藏。

二

非凡功绩绝情量，大誓愿论何日亡？

圆寂任他遗大业，灿然伟德放余光。

在大会上还宣读了日本"玄奘法师圆寂一千三百年纪念会筹备委员会"龟井胜一郎先生发来的书面祝词。全文如下：

值此纪念玄奘法师圆寂一千三百周年之际，我谨向你们表示衷心的敬意。

玄奘法师是一位勇敢的求道者，他为了追求真理忍受了一切困苦和艰难。同时他是一位历史上少有的大旅行家，是一位卓越的翻译家。他的功绩遍及文化各领域，特别对于七、八世纪的我国奈良朝文化的形成带来了极大的影响。曾经在长安求学的我们的祖先继承了他的关于法相的教义，奠定了我国古代佛教的基础。在这以后，人们对玄奘法师一直是追慕的，在镰仓末期（十四世纪初）则出现了描绘其一生的《法相秘事绘词》十二卷及其他许多画像。直到今天，他作为日本文化难忘的恩人而受到人们的尊敬。

在玄奘法师圆寂一千三百年的今天，日本佛教会已在计划举行演讲会和法会等活动，而我们文化界也组织了纪念会，筹划举行报告会、展览会、出版等活动。同时我们还准备借此机会组织文化界的专家成立"玄奘学会"，以便永久纪念他的业绩。

去年，日中两国人民共同纪念了鉴真和尚圆寂一千二百周年，从而对两国文化交流所具有的悠久历史有了进一步的认识，并加深了友谊。我们衷心希望今年通过共同纪念玄奘法师圆寂一千三百周年来进一步加强相互的友谊和团结。我们由衷地希望如同过去奈良和长安以深厚的文化血缘相联结那样，东京和北京也继承这一传统用强有力的友谊连接在一起。

最后祝两国人民的友谊长青、团结巩固，并向亲爱的中国佛教协会和中国文化界的朋友们致敬。

参加这次会议的外国佛教徒在发言中一致认为："玄奘法师自逝世以来，从未有过像今天这样多的国家的法师、居士和代表共同纪念。……这表明了只有在一个真正尊重信仰自由、真正尊重前人文化遗产和热情支持各民族之间友谊的政体下，才能有今天这样充满历史意义的纪念大会。"

1964年7月28日下午六时，日本的"玄奘三藏圆寂千三百年纪念会"在东京有乐町朝日新闻社的朝日讲堂举行盛大的演讲会。参会者有日本文化界、佛教界及东京市民500多人，是前一年纪念鉴真和尚以后又一次盛大的宗教集会。纪念演讲会由日中文化交流协会常务理事、美术评论家宫川寅雄先生主持,由纪念会发起人龟井胜一郎先生以"古代的僧侣们"为题发表了长篇演讲,深刻阐明了玄奘法师对当时日本佛教文化的影响。

接着,由参加第二届世界宗教徒和平会议、正在日本访问的中国宗教代表团团长、中国佛教协会副会长赵朴初居士讲话。他概要地讲述了玄奘法师的精神和业绩,并回溯中日两国佛教文化交流的历史。他强调说:"中日两国的关系,是在文化、思想上切不断的骨肉关系。两国人民在这个基础上进一步团结起来,将能对亚洲及全人类的和平与幸福作出巨大贡献。"

讲话后,赵朴初团长将代表团团员赤松、正果、一如诸法师向日本朋友一一做了介绍;又代表中国的"玄奘法师逝世一千三百周年纪念委员会"将一面锦旗赠予日本的"玄奘三藏圆寂千三百年纪念会"。锦旗上绣着集王羲之字《圣教序》的两句话:"湿火宅之干焰,共拨迷途;朗爱水之昏波,同臻彼岸"。接受锦旗者为该会代表龟井胜一郎先生。

会上还由权藤园立氏朗诵了日本名作家土岐善磨博士为这个纪念会所写的《玄奘三藏法师赞歌》,由早稻田大学教授松田寿男讲了《玄奘的西域旅行》,由东京国立文物研究所所长田中一松利用幻灯片介绍了《玄奘三藏与日本美术》,使与会者大开眼界。

其后,日中文化交流协会理事长中岛建藏,全日本佛教会会长、曹洞宗管长高阶珑仙,日中佛教友好交流恳谈会代表传通院住持大河内隆弘，分别在会上讲了话。他们一致强调，在佛教文化方面具有特别密切关系的日中两国，应该进一步加强友好和团结。

日本佛教界、文化界人士对玄奘三藏的业绩和当时的历史地理等有关方面的分野，要求更深入地进行研究，决定创建"玄奘学会"作为此后的常设机构。会上由早稻田大学教授安藤更生作了关于"玄奘学会"的报告。

中日双方共同纪念玄奘法师是"鉴真年间"之后的重大佛事活动，进一步促进了中日友好运动的开展。

七、"文革"困难重重　中日交流未断

　　1966年6月开始的"文化大革命"在中国是一场浩劫，佛教又是重灾区。赵朴初曾遭到栽赃、诬陷、围攻，被打成"牛鬼蛇神"，被监督劳动，只因为周恩来总理把他列入了被保护名单才未遭受更严重的迫害。在周总理的亲自指挥下，他继续为中日佛教友好交流贡献力量。

　　"文革"开始至中日建交整整六年间，中日佛教友好交流是一片空白。日本朋友得不到赵朴初的音信，一直为他担心。

　　1972年9月29日，中日两国领导人在北京人民大会堂签署了《中日联合声明》。这是一个庄严的历史时刻，它宣告持续长达半个世纪之久的中日两国之间的"不正常状态"结束，中日关系迎来一个崭新的时代。

　　多年来，热衷发展两国友好关系的佛教界先驱不屈不挠，持续为冰冻的两国关系吹进一缕缕清风，开通一条条通道，日积月累为开创日中和平友好的新时代发挥了无可替代的历史作用。他们劳苦功高，功不可没。

　　《联合声明》签字后，周恩来总理和田中角荣首相在人民大会堂分别主持了隆重的欢迎宴会和答谢宴会，赵朴初副会长作为代表应邀出席了两次宴会。"文化大革命"以来一直杳无音信的赵朴初先生依然健在的消息，通过《人民日报》、《北

在欢迎庭野会长的宴会上（左起为廖承志会长、庭野会长、赵朴初副会长）

京周报》等媒体也传到了日本。

在欢迎宴会上，赵朴初为表达自身感怀特赋诗一首：

相见欢

——周总理欢迎田中首相宴会上作

廿年填海深功，忆群朋。赢得今朝欢宴一堂同。

兄与弟，千秋意，万年红。待赏春光华雨又和风。

宴会结束后，为了与多年来同甘共苦、相互激励、不懈奋斗的日本老友分享喜悦，赵朴初立即把这首诗装入信封寄给大谷莹润长老。

此时的日本佛教内部，因中国的"文革"引起分裂和重组。以大谷莹润、西川景文等为首的日中友好宗教者恳话会和以大西良庆、道端良秀等为首的日中友好佛教协会（包括恳话会的成员）先后成立。

中日恢复邦交使关闭了近八年之久的中日佛教友好交流大门重新开启。

1972年11月，日中友好宗教者恳话会会长西川景文收到中国佛教协会赵朴初副会长发来的信函。信中介绍了中国佛教协会的近况并邀请日中友好宗教者恳话会的朋友们于第二年春季访问中国。

这封信在急切盼望恢复日中佛教友好交流的日本佛教界引起轰动。日中友好宗教者恳话会立即组成以西川景文为团长、大河内隆弘为副团长、菅原惠庆为秘书长的访华代表团，通知中国佛教协会。代表团中包括两名读卖新闻电视台记者，这是日本电视台首次派记者采访报道中国佛教现状。

5月10日，日中友好宗教者恳话会访华团一行11人从羽田机场起飞，经香港，12日下午4时抵达北京首都机场。赵朴初副会长携夫人陈邦织女士前往机场迎接。他同代表团中的西川景文、菅原惠庆、三浦赖子都是老朋友，音信隔绝七、八年，彼此重逢不禁感慨万千。

13日上午，代表团来到广济寺拜访中国佛教协会。为庆祝中日邦交正常化、中日佛教界恢复友好交流，双方共同举办"祝愿中日人民世代友好法会"。中方以赵朴初副会长为首，参加者有明真、正果、一如等法师及四众代表五十余人；日方有以西川经文为首的代表团成员十人。

法会结束后，赵朴初首先代表中国佛教协会致欢迎辞。他说："在相当长的一段时间内，中日佛教界的交流被迫中断。今天，我们能在这里欢迎远道而来的日中友好宗教者恳话会的各位朋友，感到无比喜悦。我衷心地期望今后中日两国佛教界的来往更加频繁。"

西川景文团长在答谢辞中首先感谢中国佛教协会的盛情邀请，然后表示日中友好宗教者恳话会将进一步为促进两国佛教界的友好往来而不懈努力。

16日上午，郭沫若副委员长在人民大会堂会见了全体团员并同他们进行了亲切友好的谈话。

当天下午，该访华团一行应邀访问赵朴初副会长的宅第。

主人的客厅里有一佛龛，里面供奉着一尊高约三尺左右明代制作的释迦牟尼铜质佛像，供桌上摆放着十二支蜡烛。访华团一行十一人点燃蜡烛后，赵朴初副会长亲自说明："剩余的一支是为大谷莹润长老准备的。"访华团秘书长菅原惠庆替大谷莹润长老点燃了那只蜡烛。

原来日中友好宗教者恳话会名誉会长大谷莹润因健康原因未能参加此次访华。一只小小的蜡烛饱含了赵朴初会长对老朋友的一片深情。

此后，代表团成员和赵朴初会长在客厅里围坐品茗，畅叙友情，在和谐的气氛中度过一段轻松而愉快的时光。

5月17日，代表团由赵朴初亲自陪同乘机飞往太原。18日10时许，中日双方共同在玄中寺大雄宝殿隆重举行日中友好亲善及亲鸾诞辰800周年法会。翌日，代表团回到北京。

22日，代表团一行前往八宝山，祭扫了日本佛教界的老朋友，已故中国红十字会会长李德全女士和中国佛教协会副会长周叔迦先生的墓地。当天晚上，访华团乘火车前往南京。

24日下午，代表团在在由南京开往扬州的汽车上得到大谷莹润长老突然病逝的噩耗。当晚，到达扬州西园招待所。正当团长西川景文等茫然不知所措的时候，赵朴初会长提议25日在法净寺为长老举办回向法会。代表团全体成员对赵副会长的周密安排心存无限感激。

25日下午3时，回向法会在法净寺佛堂举行。

佛堂正面，挂着大谷莹润长老的大幅遗像，遗像下面的供桌上安放着高约90公分的莲位。上面是由赵朴初亲手所书"大谷莹润长老往生西方莲位"字样，莲位的左右两侧放着中国佛教协会、扬州市佛教协会、扬州市革命委员会、日中友好宗教者恳话会敬献的花圈。

法会由法净寺僧人主持，中日双方法师、僧侣30多人在悲痛的气氛中诵经后，赵朴初致悼词。他说："我失去了20多年来的良师益友，悲痛欲绝。大谷莹润长老直至生命的最后一刻，也毫不顾及个人得失，毅然决然地为促进中日友好战斗了一生。他不仅博得了日本人民，而且还博得了中国人民广泛的赞赏和尊敬……大谷莹润长老是一位继承了鉴真和尚精神的无以类比的宗教家。今天，我们能在鉴真和尚曾经驻锡过的法净寺为大谷长老举行回向法会，有令人感到不可思议的因缘……"

西川景文团长在讲话中首先对大谷莹润的突然病逝表示沉痛哀悼，然后对以赵朴初副会长为首的中国方面的精心安排表示由衷的感激。

摆在佛堂中的莲位是由赵朴初亲自关照赶制的。银杏木涂以红、黑、蓝三色大漆的莲位顶部镶嵌着碧玉和红宝石，高雅庄重。制作同样规格的莲位平时大约需时一周。但扬州工艺美术工厂动员了厂内最优秀的工人彻夜赶制，仅仅用了一天的时间。

由赵朴初副会长亲自陪同，代表团在中国参访24天，6月1日从广州离境回国。

1974年1月，日本立正佼成会会长庭野日敬收到了中日友好协会会长廖承志和中国佛教协会副会长赵朴初联名发出的邀请函。立正佼成会在日本属新兴教团，是日本信奉日莲上人教法的在家佛教团体，以受持《妙法莲华经》为主，创建于1938年3月5日，原名"立正交成会"，这个组织的名称意思是"具有同样信心者所组成的会"。他们以宗教来沟通和团结信念，为美化人性和实现佛陀之法的和平世界而奋斗。1957年因该会创始人之一——长沼妙佼女士逝世，遂改"交成"为"佼成"。

该会在创建之初只有30名会员，由村山日里任会长，石原淑太郎任副会长，长沼妙佼和庭野日敬任总务长。1948年，经日本政府承认为宗教。如今在册会员670万，分属于200多个分会，遍布日本和世界各地。

庭野日敬当时除担任立正佼成会会长外，还任新日本宗教联合会理事长及世界宗教者和平会议日本委员会委员长等职。

世界宗教者和平会议是联合国承认的国际组织。1970年10月，来自39个国家的400多名代表出席了在日本京都举行的第一届世界会议。作为会议主办国，庭野会长强调指出："占全世界40亿总人口四分之一的中国宗教界代表缺席，就不能真正称其为国际会议。"并一再邀请中国有关方面派代表参加。无奈，当时中国正值"文革"期间，庭野会长的愿望未能实现。

1974年4月20日，庭野日敬先生与两名随行人员抵达北京。在首都机场，受到中国佛教协会副会长赵朴初和中日友好协会秘书长孙平化等20余人的热烈欢迎。

翌日上午，庭野会长由赵朴初副会长和正果法师陪同参拜了灵光寺的佛牙舍利塔，下午游览了颐和园。当晚在北京饭店，中日友好协会和中国佛教协会联合举行欢迎宴会。

廖承志首先代表中方讲话。他对庭野先生不远万里来华访问表示感谢，并说："中日两国人民世世代代友好下去，这是我们的共同愿望。我们相信庭野日敬先生的来访，必将成为进一步发展中日两国友好关系的宝贵开端。"

庭野日敬先生在答辞中感谢中方盛情相邀，并表示："我本人将为日中两国的和平与友好竭尽绵薄之力。"

席间，庭野日敬先生就历史问题向中方表示歉意说："在那场战争中，日本给中国人民带来了极大的痛苦和灾难。作为日本人，我感到十分愧疚。"

赵朴初副会长听后，立即释然地答道："那场战争是一部分日本军国主义者的所作所为。从长达两千余年中日两国友好交流史看，那只不过是夫妻之间的一时吵架罢了。"

后来，庭野日敬先生回忆起赵朴初的这段话语，感慨万千地对朋友说："赵朴初先生的寥寥数语，使我深为感动。我确确实实感受到着眼于悠久历史的中国人民的宽容大度。赵朴初先生的高尚品格和远见卓识，至今给我留下难以忘怀的印象。"

此后几天，由赵朴初安排，庭野日敬先生同中国的佛教、基督教、伊斯兰教的负责人进行了座谈。

24日下午3时，全国人大常委会副委员长周建人会见了庭野日敬先生，同他进行了亲切友好的谈话。

当晚，庭野日敬先生在北京饭店和日本记者团共同举行新闻发布会。他强调指出："通过与中国宗教领袖推心置腹的交谈。我切身感觉到，中国宗教界生机盎然，前途光明。"

庭野会长与赵朴初副会长就宗教合作及WCRP（世界宗教者和平会议）的有关活动进行坦率的交谈

1972年，中日建交，田中角荣总理大臣访华时，向周总理提出要到天台宗的祖庭——天台山国清寺朝拜。原来田中角荣和他的母亲都是佛教天台宗的虔诚信徒。来访前母亲对田中角荣千叮咛万嘱咐，一定要儿子代她到天台山国清寺朝拜。

当时，周总理对"文革"中国清寺的具体情况也不了解，但他机智地和田中角荣说："现在正修缮，修缮好后首先请您去朝拜。"田中角荣听后虽觉遗憾，但很高兴。

周总理让赵朴初了解关于国清寺的情况。9月12日，赵朴初致函周总理，原文如下：

关于对外活动中有关佛教方面的几个问题和意见

总理：

谨将当前对外活动中有关佛教方面的几个紧要问题和意见报告如下：

一、浙江天台山国清寺，不仅是日本天台宗的祖庭，而且是日本佛教所有宗派的总祖庭。组织公明党的创价学会也以中国天台山为其祖庭，十年前它的负责人曾向我表示希望朝拜天台山。最近听到一个在天台山插队的知识青年说，该寺在文化大革命初期保护得很完整，到了六八年下半年工宣队进入后，受到陈伯达的欺骗，佛像被打毁，佛教文物受到相当损失，僧尼大多数被遣散。预料中日关系正常化以后，日本佛教徒定会纷纷要求去朝拜（六三年，西川景文等曾去朝拜，深受感动）。我认为这个地方是对日本佛教徒和人民进行友好工作的一个重要阵地。如果上述情况属实，似应迅速恢复寺貌（房屋可能不需修缮，但佛像及宗教陈设则须恢复），是否可请浙江省委责成有关部门查明办理。该省如果还有留存的、合适的旧佛像，似可利用，不必重行塑造，以节省物力和时间。

二、日本文化界及佛教界送给我们的鉴真像（唐代去日本的我国僧人，日本人称之为文化之父，1962—1963年，曾举行全国性纪念活动，中岛健藏等均参加），安置在南京栖霞山寺。又玄奘顶骨的主要部分也保存在那里，也是日本人很关心的。又扬州平山堂有鉴真纪念堂，广东肇庆有唐代来华日本僧人荣睿纪念碑，山西有日本净土宗的祖庭玄中寺，均希望予以保护，并准备接待日本人前去参观朝拜。

三、南京的金陵刻经处是中外著名的佛教文物单位，藏有经版十四万多块，内有鲁迅捐款刻的《百喻经》经版。过去一直接待外宾，效果还好。该处在文化大革命初期受到了损失。除经版现已放置木架尚待整理外，所有陈列的文物（内有宋版元刊经籍）均已荡然无存，希望南京有关单位将该处重新布置陈设（似可请主管文物部门协助），以备对外宾开放。

四、除金陵刻经处外，所有对外开放的寺院（目前看来，可能不到十座），均应有适量的僧人，僧人均应着僧服，如有缺乏僧服者，希望能予以解决。

从最近接待斯里兰卡朋友和英美客人谈话中，得知他们听到不少传说或谣言，都很关心我国佛教情况。日本佛教界想必是更加关心的。在促进中日友好运动中，日本大多数佛教徒一直是积极的。解放后，首先主动和我国进行友好接触的是日本佛教界。加以他们对中国佛教历史情况之熟悉，超过其他国家，所以我们似有特别郑重对待之必要。

总理万机鲜暇，本不应多所干扰，但以形势需要迫切，不得不冒昧函陈愚见，谨供采择。

并致

敬礼

赵朴初

1972年9月12日

周总理读完此信，顶住"极左"之风，亲自过问，由国务院发文，拨款重修，赵朴初则负责具体工作。到1975年基本竣工。因新修好的寺庙内空空如也。赵朴初向周总理汇报后，总理指示他立即从故宫等地调拨一批适用于国清寺的历代佛像、法器，并指定专人专列护送，放置在国清寺的各大殿堂之内。一切安置好后由赵朴初亲自接待了第一批日本客人。

1975年8月，赵朴初亲笔写信给日本比睿山延历寺第253代座主山田惠谛，邀请日本天台宗访华。

10月14日，他亲赴机场迎接山田惠谛为团长的天台宗日中友好访华团。次日，在广济寺他亲切会见了该访华团一行，并举行盛大的祈愿中日友好法会。

10月25日，该团一行13人，由赵朴初陪同从北京出发前往朝拜天台宗祖庭。次日，他陪同来访者巡礼国清寺诸殿堂，参加在国清寺举行的中日联合法会。之后，该访华团请求在国清寺大雄宝殿后东侧兴建一祖师碑亭，以追忆天台宗祖师的功绩。

10月30日下午，赵朴初在上海虹桥机场为代表团送行。使他们乘兴而来，满意而归。

日中友好佛教协会是1974年10月日本佛教界成立的一个日中友好组织。第二年发行机关刊物《日中佛教》，其主要成员希望尽快访问中国。1976年2月，理事长道端良秀收到了中国佛教负责人赵朴初先生的访华邀请函。经充分协商，该组织决定访华团成员由各宗派代表和佛教宗办大学的代表组成，并决定把反省和忏悔佛教徒与日本侵华战争期间的罪过作为这次访华的主要目的。

　　5月17日下午3时，代表团一行18人来华访问，在北京机场受到以赵朴初为首的30余人的热烈欢迎。

　　18日上午9时，日中友好佛教访华团前往广济寺拜访中国佛教协会。参拜大雄宝殿后，访华团在这里为在战争期间被胁迫到日本死于非命的中国烈士举行了祭奠法会。道端良秀带领全体团员诵《般若心经》，并宣读日本佛教徒对参与那场战争忏悔之情的表白文。

　　法会结束后，赵朴初先生代表中国佛教协会向日本朋友赠送了镶金释迦牟尼坐像和房山石经拓片，还应客人请求赠送了北京版藏文《大藏经》。

　　晚上，中国佛教协会在北京饭店举行欢迎宴会。赵朴初首先致欢迎辞。他说："中国佛教和日本佛教如同一根菩提树上的两根分枝。期待通过各位此次来访，进一步巩固和发展中日两国佛教徒的友谊。"道端良秀团长在答辞中说："作为以不杀生为本的佛教徒，我们未能阻止那场残酷的战争。借此机会，谨表示由衷的忏悔，并向全体中国人民谢罪。今后，我们将与中国人民携起手来，为维护和平与友好而不懈努力。"

　　此后两天，代表团一行参观了八达岭长城、定陵博物馆、颐和园、天坛等名胜古迹，受到全国人大乌兰夫副委员长的接见。

　　5月20日，代表团离京赴山西访问了大寨，22日抵达交城玄中寺。稍事休息后，中日双方在大雄宝殿举行了祈祷和平法会。

　　大雄宝殿中央供奉着阿弥陀佛本尊佛像，玄中寺住持明达法师和八位僧侣及陕西省佛协的轩智、根通法师站在右侧，访华团一行站在左侧。明达法师主法诵经一个小时后，轩智法师宣读了祈愿中日两国世代友好、和平的表白文。接着，日中双方一路称名念佛，前往接引殿。日中两国佛教徒异体同心，齐声唱念阿弥陀佛，场面令人感动。

此后三天，代表团访问了西安和中国革命圣地延安，26日乘飞机抵达南京。南京是一个曾经遭受过日本侵略军巨大伤害的城市。道端良秀团长率全体团员在灵谷寺大雄宝殿举行了法会，向中国人民表示由衷的忏悔。

6月1日下午，由赵朴初副会长亲自发函邀请的，以代表日本佛教徒忏悔战争罪过为主要使命的日中友好佛教协会代表团返回日本。通过访问活动，使每个团员都认识到，阻止战争最坚强的力量就在于全世界宗教徒和各界民众觉悟的提高。

八、赵朴初率团访日 "鉴真回国省亲"

　　中日实现邦交正常化后的第四年，"文革"结束。这是中国佛教事业恢复与振兴的新时期。在新形势下，赵朴初领导的佛教协会积极开展与日本的佛教文化友好交流，进一步增进两国人民之间的了解与友谊。

　　1978年4月10日至28日，应日本国"日中友好宗教者恳话会"和"日中友好佛教协会"的邀请，以赵朴初为团长的中国佛教协会友好访问团一行12人，对日本进行了18天的访问。这是"文革"后，中国佛教协会首次组团访日，也是相隔14年后赵朴初再次踏上日本的国土，日本佛教界对此作了充分的准备，专门成立了以菅原惠庆为委员长的关东地区欢迎委员会和以道端良秀为委员长的关西地区欢迎委员会。日本佛教各大本山、各宗派的大德、长老都加入了这次欢迎活动。

　　中国代表团除团长赵朴初和副团长正果法师、李荣熙居士外，其他也都是劫后余生的高僧大德，包括轩智、唯觉、能勤、常明、真禅五位法师及几名工作人员。这些法师都是不同寺庙的住持，而且多数为当地省、市、区的政协委员。所以在佛教界，这个代表团的规格是很高的。

　　代表团10日上午抵达东京羽田机场。日中友好宗教者恳话会会长菅原惠庆、日中友好佛教协会会长道端良秀、中国驻日大使符浩到机场迎接。4月11日晚，代表团参加在新大谷饭店举行的欢迎宴会。日方"宗恳会"会长菅原惠庆长老代表欢迎委员会致辞。长老的讲话诚挚恳切，使中国来宾深受感动。

他说："我们盼望已久的中国佛教访日代表团终于来到我们面前。这是中日两国佛教界的一件大喜事。中国和日本有2000多年的交往史，两国佛教界也有1500多年的交往。我们两国之间的关系不同于其他国家，有着牢不可破的传统友谊。但是在漫长的历史长河中，我国对中国犯下的众多罪过和增添的麻烦使我们深感惭愧和歉意。以'日宗恳'为中心的在日殉难中国烈士慰灵委员会，为了补偿侵略罪行做了一点点工作。这不足以补偿侵华罪恶的万分之一……在'日宗恳'，处于最艰难的时期（1953—1958年），无论是政界还是宗教界，对我们的活动都是投以'白眼'，横加阻挠的。在当时那样艰难的环境中，是中国佛教协会恰合时宜地伸出友谊之手，给我们以帮助和鼓励，邀请全日本佛教协会访华。应邀访华代表团的团长是高阶陇仙，我本人亦作为副团长随行。那是日本佛教界第一次访问中华人民共和国，时间是20年前的1957年9月10日……访问期间出乎我们意料之外的是被荣幸地邀请出席了国庆节的庆祝活动。我和团长光荣地应邀登上天安门观看焰火晚会。最令我难忘的是只有我一个人得到了同毛泽东主席短时间交谈的殊荣。我对毛泽东主席说：'我们基于佛教精神，为中日友好和世界和平奋斗至今。今后我们将为两国恢复邦交而努力奋斗。'毛主席听后，一边紧紧地握着我的手一边说：'我同意。非常感谢。努力奋斗吧……'一位社会主义国家的主席对我所说的'基于佛教精神'的话语居然能够作出'同意'的回答，这同我在国内受到的'白眼'冷遇形成了很大的反差！毛主席的话语使我认识到我们的佛教信念和为中日友好所做的努力是正确的。八亿人民的支持给了我们继续努力下去的勇气和力量，毛主席'同意'的话语至今仍对'日宗恳'的工作起着巨大的推进作用。小小的宗恳组织能够充满自信，自豪地活动于中日友好第一线，毛主席的话是动力的源泉。在今天的会上我要告诉大家，为我们创造了与毛泽东主席会见这一千载难逢机会的就是赵朴初先生和出席今天宴会的肖向前领事。这二位是日本佛教界的恩人，也是中日友好的见证人……"

4月14日，忙中偷闲，日本朋友安排中国佛教代表团一行到旅游胜地箱根小憩。当晚抵达下榻饭店，与同行的日本欢迎委员会委员共进晚餐、畅叙友情。

翌日，代表团一行乘车经小涌谷，沿郁郁葱葱的山路到达元箱根，乘芦湖上的游览船游览芦湖及周边景色，远眺富士山。

上得岸来，全体团员乘车沿箱根及芦湖旅游公路到达富士山麓展望台，一边休息，一边欣赏岛国自然风光。稍事休息后，又驱车上行千余公尺到达了少女峰。身披白雪的富士山雄姿尽收眼底。赵朴初即兴赋诗倾吐箱根之游的印象和感触：

游箱根

暂谢尘嚣一日间，真来海外访仙山。

清泉入枕传筝响，好树当窗作画看。

意外碧波湖盖岭，望中奇景气蒸天。

人间净土何难得，要取和平十万年。

4月18日下午3点，当赵朴初一行三人，乘新干线到达京都时，以102岁的老人大西良庆为首的诸宗各派管长、宗务总长等40多人到车站热烈欢迎。大西良庆长老以"中日友好是佛教徒的使命"为座右铭，为中日友好作出诸多贡献。此次大西良庆和赵朴初见面是继"鉴真和尚圆寂1200周年纪念法会"以来，15年后的再次相逢。在新干线贵宾室，两人双手紧握，无语相视良久，大西良庆长老才开口说："这些年来，我一直期待着与你重聚。"赵朴初团长为大西长老的亲自出迎深受感动，分手时将其亲自扶上轮椅，充分表现了中日佛教界两位老人的深情厚谊。

4月22日下午2点，在东本愿寺北侧的大谷妇女会馆举行了"中国在日殉难烈士追悼法会"。法会由日中友好佛教协会会长冢本善隆主法，佛教大学混声合唱团举行了梵乐法会和献灯、献花等法事，以示纪念。冢本善隆诵读了三皈一文，并宣读了追悼6380名中国殉难劳工的悼文。

关西地区欢迎中国佛教代表团委员会委员长道端良秀在追悼法会后召开的欢迎会上致辞说："我们刚才举办了追悼法会，我们只有忏悔忏悔再忏悔，今后决不让这类事情再次发生。我们要以此为逆缘，誓为日中两国人民建立起钢铁般的团结关系而努力奋斗。"

赵朴初团长在致谢辞中说："对日本佛教界举行追悼中国劳工殉难英灵法会表示衷心感谢。在50年代初期，大谷莹润长老为首的中国殉难劳工慰灵实行委员会的先生们，在艰难困苦的环境中将烈士遗骨送还中国，为中日两国友好作出了卓越贡献。中国有句名言：'吃水不忘挖井人'，对挺身而出为中日友好战斗在第一线的老前辈的功德，我们将永世铭记。20多年来，两国佛教徒携手共进，同心互勉，为了一个共同的目标奋斗至今。今后，我们仍将对中日友好大业倾注我们的全部心血。"

结束讲话时，赵朴初团长振臂高呼："中日友好万岁！"

4月26日，代表团一行参拜唐招提寺和鉴真墓。

整个早晨一直下雨，代表团9时许进入南大门时，雨突然停止。森本孝顺长老双手合十迎接，随后带领来宾参拜了金堂、讲堂，然后向位于该寺东北角的鉴真墓走去。中国僧侣在鉴真墓前顶礼跪拜。周围日本僧人亦低头行参拜礼。上香后，一行又到供奉大师像的"御影堂"，献上五种鲜花。

参拜活动后，森本长老请客人到客厅吃茶座谈。双方互赠礼品后，赵朴初深有感触地对森本长老说："现在来奈良比16年前方便多了，比鉴真大师东渡时就更方便了。只要我们遵循佛祖的教诲，团结一心，就能战胜一切困难。让我们两国佛教界携起手来吧！"

座谈中森本长老提出让鉴真大师坐像回乡省亲的建议。赵朴初团长欣然同意，并希望早日实现。

28日晚，中国大使馆为中国佛教协会友好访问团访日成功举行答谢宴会，日本佛教界各宗派负责人及日方欢迎委员会委员等应邀出席。赵朴初团长致谢辞说：

尊敬的菅原惠庆先生、尊敬的道端良秀先生、尊敬的朋友们：

中国佛协友好访日代表团在近三周的时间内，在各位的热情关怀和周密安排下，成功地访问了日本各地，圆满地完成了任务，即将回国。从我们一踏上日本的国土，就沉浸在"友谊的海洋"之中。访问期间，我们拜见了想要见到的各位长老、老前辈及各位朋友。通过会谈令我们加深了了解，并深得教益。这是最大的收获。因此我们可以说，我们是满载兄弟的友好情谊而归的。

访问途中，所到之处，我们都受到了热烈的欢迎……在日本三周内，我们足迹遍及东京、金泽、福冈、京都、奈良和歌山、大阪等地。参拜了净土宗、真宗、曹洞宗、临济宗、天台宗、真言宗、日莲宗、法相宗等各宗各派的大本山及名山大寺的道场。此外，在京都的东寺发起成立了"日中友好真言宗协会"，这是继净土宗之后又一个日中佛教友好团体。这一切都令我感动。我目睹今天中日佛教的友好现状不禁心潮澎湃。

访日期间，我们还受到佛教界以外各界友好人士的鼓励和接待……福田首相还专门为我们今天的宴会发来了热情洋溢的贺电。请各位向有关人士转达我们衷心的感谢。

……

各位大德、各位朋友、兄弟姐妹们，现在到了要说再见的时候了。弘法大师从中国返回日本的时候说："一处一别再见难。"确实，在当时的情况下，再见是非常困难的。但是今天的交通条件大不相同了。每次相见都使我们双方收获颇丰并有所进步，我决心为了今后更有新意的再见和不断发展的交流而努力。

祝各位健康长寿，善愿大成！

日本媒体对这次赵朴初率佛教友好代表团访日做了充分

报道。

一家报纸的评论说："这是近代以来中日佛教史上一件大事而永载史册，将把长期中断的中日佛教友好关系重新展开，并再现昔日辉煌。"

另一家报纸说："赵朴初先生那继承鉴真遗志，为中日佛教交流的献身精神，激励着日本7000多万佛教徒（那时的数字）为开拓出一条和平大道而努力。"

还有一家报纸说："8亿中国人民和11000万日本人民携手共进，就一定能创造出一个不需要军备的真正的和平的世界。"

通过这次访问，中日两国佛教徒的传统友谊得到进一步加强。此后，两国佛教界的交往范围不断扩大，从少数宗派扩大到各个宗派，并发展到具体的友好合作事项。

当年金秋时节，邓小平夫妇应日本政府之邀访问日本。这是中华人民共和国成立以来中国领导人首次访问日本。

邓小平访日获得了圆满成功。日本媒体评论说："邓小平的访问使日中友好深入到每一个家庭，迎来日中新时代的黎明。"说邓小平在日本掀起了"邓旋风""邓热潮"。

在世界上有着广泛影响的"时代"周刊将邓小平评为1978年年度人物，照片登在1979年第一期封面上。撰稿人写道："一个崭中华人民共和国的梦想者——邓小平向世界打开了'中央之国'的大门。这是人类历史上气势恢宏，绝无仅有的一个壮举。"

邓小平在访日期间参观唐招提寺时，森本长老提及鉴真和尚坐像回国探亲的事。邓小平当即说：这是好事，将努力促成。

1979年4月8日至4月19日，全国人大常委会副委员长邓颖

1980年5月6日，邓小平副总理会见日本奈良唐招提寺森本孝顺长老以及"国宝鉴真和尚像中国展"访华团全体成员

超率团访日，由赵朴初陪同，在奈良参观唐招提寺时森本长老第三次提议让鉴真和尚坐像早日实现回国探亲之事。邓颖超当即对赵朴初说：此事应积极准备，争取让鉴真大师早日成行。

日中友好的潮流势不可挡，同年12月5日至9日，日本首相大平正方应邀访问中国。当中日友协副会长赵朴初见到首相时，把自己亲手所书，为中方给日本选送大熊猫"欢欢"、"飞飞"所做的词《相见欢》送给首相和夫人。首相当即打开立轴兴致勃勃地欣赏诗词和书法，给予很高的评价。原词如下：

相见欢

送熊猫欢欢往日本国志喜

深情曾注兰兰，掌珠般。永结良缘更为遣欢欢。

人地好，蓬壶岛。祝平安。遥指青云修竹万千竿。

　　日本各界为送鉴真大师回国探亲也积极行动起来：天皇向唐招提寺赠送了香炉；大平首相拍来了贺电；日本的佛教界、文化界、新闻界和中国的文学、艺术、建筑、佛教、邮电、新闻等部门都投入了欢迎鉴真回国的热潮。这一具有深远意义的盛事，不仅加深了两国佛教方面的友好关系，而且促进了文化界包括文学、艺术、医药等方面的友好合作。

　　由于中日两国佛教界提议和高层领导的关注，鉴真大师坐像得以还乡。

　　为迎接鉴真大师像回国巡展，我国专门成立了以73岁的赵朴初为主任的"全国欢迎鉴真大师像回国巡展委员会"，紧张地进行筹备工作。赵朴初坐镇扬州，从佛殿维修、佛像彩绘到展厅布置一一过问，仔细检查，并亲自将"法净寺"恢复为鉴真任住持时的寺名——"大明寺"（清朝乾隆南巡到扬州大明寺，因忌讳"大明"二字，于1765年（乾隆三十年）亲自将其改为"敕建法净寺"）。同时他在《人民日报》上发表题为《千载一时的盛缘，一时千载的盛举》的文章，深刻阐明鉴真大师像回国巡展的历史意义和现实意义。

　　1980年4月13日，由日本唐招提寺住持森本孝顺长老等护送鉴真大师像乘专机抵上海机场，赵朴初携上海佛教界及其他各界代表数百人冒雨前往迎接。

　　1980年4月14日，鉴真大师像在森本孝顺长老和赵朴初居士的护侍下，运抵鉴真的家乡扬州。以木村仗治为团长的日本鉴真和尚像来华巡展访华团同时到达扬州。江苏省人大常委会副主任、江苏省暨扬州市欢迎鉴真大师像回国巡展委员会主任委员戴为然及当地有关部门负责人及信众到瓜洲古渡口码头迎接鉴真大师像。

4月18日，江苏省暨扬州市各界人士，1000多人在扬州市工人文化宫隆重举行集会，欢迎鉴真大师像回国巡展。

19日上午，赵朴初、日本驻华大使吉田健三和中外300多名法师与记者出席了在扬州大明寺鉴真纪念堂举行的鉴真大师像巡展开幕式。

此时，古城扬州正值烟花三月，春意盎然。大明寺内外，人潮涌动，在庄严的气氛中恭迎一代高僧回乡省亲。面对盛况空前的欢迎场面，赵朴初百感交集。吟词一首：

金缕曲

鉴真大师像回国巡展，欢迎礼赞

像在如人在。喜豪情，归来万里，浮天过海。千载一时之盛举，更是一时千载。添不尽，恩情代代。还复大明明月旧，共招提两地腾光彩。兄与弟，倍相爱。　　番番往事回思再。历艰难，舍身为法，初心不改。"民族脊梁"非夸语，鲁迅由衷感慨。试瞻望、是何意态。坚定安详仁且勇，信千回百折能无碍。仰遗德，迎风拜。

这天，邓小平同志在《人民日报》上发表了《一件具有深远意义的盛事》一文。文中说："……在中日人民友好往来和文化交流的历史长河中，鉴真是一位作出了重大贡献，值得永远纪念的人物……我前年访日时，在奈良唐招提寺见到了鉴真塑像。诚如历代诗人学者所赞叹的，它真有非常高的艺术性，表现出鉴真的坚强意志和安详风度。一千二百余年来，日本人民把它作为国宝，精心保护和供奉到今天，值得我们敬佩和感谢……现在在日本政府支持下，日本文化界和佛教界人士，把国宝鉴真像郑重地送来中国供故乡人民瞻仰。这是一件具有深远意义的盛事。它必将鼓舞人们发扬鉴真及其弟子荣睿、普照的献身精神，为中日两国人民世代友好事业作出不懈努力。"

《人民日报》也发表题为《千载一时的盛举——庆祝鉴真大师像回国巡展》的社论。

十天后，邓颖超副委员长出席了鉴真大师像在北京展览开幕式，主持剪彩。叶剑英、邓小平、邓颖超、十世班禅大师等国家领导人出席开幕式，参加开幕式的还有日本护送团全体团员和我国文化、学术、教育、宗教、新闻等部门的领导与群众数百人。

1980年5月6日，邓小平副总理会见前来参加鉴真大师像回国巡展活动的日本奈良唐招提寺森本孝顺长老

5月6日上午，由赵朴初、王炳南等人陪同，邓小平在人民大会堂亲切接见了森本孝顺长老及日方参加巡展的人员，同他们进行了友好的谈话。

大师像继在北京博物馆、法源寺供人瞻仰48天后，5月24日，巡展圆满结束。在华期间瞻仰大师像人数超过50万。

鉴真大师像回国巡展即将结束，中日双方互赠礼品。中国佛教协会赠给唐招提寺香炉两座，将扬州杨、柳百株移植到鉴真墓塔周围，永远守卫在圣人身旁。而唐招提寺森本长老赠扬州大明寺石灯笼一座，赠中国佛教协会隋朝人写的经卷和《大藏经》一部。森本长老当场吟诵自己写的日本俳句，经赵朴初译成汉语为：

遍地菜花黄，
盲目圣人归故乡。
春意万年长。

赵朴初亦作汉俳五首赠森本长老

一

点起石灯笼，
盲圣慈光万里通。
两岸杜鹃红。

二

高谊赠樱花，

大师悲泪护新芽。

东西都是家。

三

殷勤一卷经，

隋唐恩泽到于今。

庭前古木春。

四

善哉法布施，

更番花雨满春池。

何以报深慈？

五

何以报深慈？

炉烟霭霭护阶墀。

绕塔万杨枝。

5月28日，赵朴初一行为鉴真大师像和森本长老等日本朋友送行，他又当场写出自己首创的汉俳三首赠森本长老：

送鉴真大师像返奈良并呈森本长老

一

看尽杜鹃花，

不因隔海怨天涯，

东西都是家。

107

二

去住夏云闲，
招提灯共大明龛，
双照泪痕干。

三

万绿正参天，
好凭风月结来缘，
像教住人间。

为了纪念这一千载盛事，我国邮电部在鉴真像踏上祖国的首日发行了《鉴真大师像回国巡展》纪念邮票一套三枚，分别展示了位于扬州大明寺内的《鉴真纪念堂》、回国巡展的《鉴真大师像》和鉴真东渡时乘的《鉴真东渡船》。

为弘扬鉴真精神，由中国著名作家齐致翔编剧的《鉴真东渡》话剧在全国各地公演，获得成功，并获1980年文化部调演优秀剧目奖。赵朴初特为北京参加编剧与演出的文艺团体题词："发扬鉴真精神，为中日文化交流事业而辛勤努力，祝贺鉴真东渡剧本的写成，预祝鉴真东渡演出的成功。"

鉴真坐像被小平同志赞为"有非常高的艺术性"，其制作方法用的是扬州漆器工艺。这一古老工艺是鉴真东渡时带往日本的。据介绍，鉴真东渡时，随船带有漆盒子盘30个，螺釉经函50个，金漆泥像一具。

鉴真大师圆寂后，为悼念恩师，随行弟子中有一善漆艺者，为其师制作了一尊漆艺夹纻塑像。像高84厘米。坐像胎厚的地方糊布五六层，薄的地方仅糊三四层，彩漆装饰。坐像身披袈裟，衣褶柔和，双目微闭，脸上带着微笑，双手叠放膝上，充分表现出道深高僧的慈祥神态。

扬州的漆艺家们获得日方同意后，满怀虔诚之心，采用同样工艺，按原样复制一尊鉴真塑像。因为白天塑像要供人瞻仰，只有晚上才能进行测量、分析。时间紧迫，该厂派上全部技术骨干，分工协作，昼夜不停，终于在塑像离扬州赴北京前赶制好模型。塑像做好后，被供奉在扬州大明寺鉴真纪念堂内。

1980年，日本佛教界建造了两个石灯笼，一个放在日本唐招提寺，一个放在鉴真和尚的老家中国扬州大明寺。两个石灯笼象征两个寺庙是兄弟。两个寺庙的灯笼同时点燃，灯火长传，法炬不灭，也象征着中日两国人民的友谊万古长青。

在唐招提寺离石灯笼六七米远的地方有一座诗碑，上面刻着赵朴初先生写的那首《金缕曲》。

1980年12月26日，赵朴初在《中国佛教协会第三届理事会工作报告》中总结这次鉴真大师塑像回国巡展说："今年4月，我们和有关方面合作，奉迎鉴真大师像回国巡展，开展了一个规模巨大的中日友好活动。这尊历时1200年的日本国宝，于4月下旬由日本唐招提寺森本孝顺长老和日中文化交流协会、朝日放送社负责人等护送前来我国，先后在扬州、北京展出，分别举行了隆重的法会和集会。并在全国范围内演出了有关戏剧、电影，编辑出版了《鉴真大师纪念集》，制作了纪念币，发行了纪念邮票。展出期间，直接参观的群众，多达五十余万。通过这一活动，鉴真大师为中日两国人民友好和文化交流事业建树的不朽功绩和他六次东渡百折不回的献身精神，进一步深入人心，鼓舞了两国人民更紧密地携手前进。可以说，十多年前我们发起的纪念鉴真大师圆寂1200周年活动播下的种子，今天在新的时代背景下，开出了更灿烂的花朵，结出了更丰硕的果实。"

1981年7月，喜讯传来。日本著名画家东山魁夷为安放唐代高僧鉴真坐像的唐招提寺御影堂绘制的屏障壁画已全部完成。

东山魁夷先生从1971年开始精心创作这幅巨型壁画。它共有68幅，如果连接起来，长达80米，总面积近160平方米。画家把直接安放鉴真像的佛龛部分的绘画命名为《瑞光》，它描绘了这位高僧历尽12年东渡之苦，最后踏上日本国土秋目浦的风光。《瑞光》同早已完成的《山云涛声》、《黄山晓云》、《扬州熏风》和《桂林月霄》一起构成一幅美丽的画卷，充分表达了日本人民对鉴真的崇敬和怀念。

1981年7月16日，中国佛教协会会长赵朴初听到这一喜讯，十分欢喜赞叹，立即致电日本奈良唐招提寺住持森本孝顺长老，祝贺鉴真大师御影堂壁画全部完成。电报说："欣悉鉴真大师御影堂壁画已全部成功，《瑞光》远照，两国欢腾，仅电致贺。并请代向东山魁夷先生致贺。"

九、纪念善导、道元　建立深厚法谊

　　正当鉴真大师坐像回国省亲巡回展览震撼京城之际，从5月7日起，赵朴初亲赴北京机场，先后迎来三个日本佛教净土宗访华团：净土宗宗议会议员访华团，净土宗"友好之翼"访华团和增上寺雅乐会访华团。三个访华团共有成员139人。他们是为纪念善导大师圆寂1300年而来访的。

　　1980年5月14日，为纪念善导大师圆寂1300周年、庆祝香积寺大殿重建落成和善导塔维修工程竣工，中国佛教协会和日本净土宗议会议员访华团、净土宗"友好之翼"访华团、增上寺雅乐会访华团在西安香积寺联合举行盛大法会。赵朴初会长与稻冈觉顺长老在香积寺内合种友谊树

善导（613—681年），临淄（今山东淄博）人。唐朝专弘净土法门的一代高僧，净土宗的实际创始人，被尊为净土宗第二代祖师。传说善导大师念佛时，常有光明随口而出，被认为是阿弥陀佛的化身。

有记载云："贞观十五年，善导大师二十九岁，至西河石壁谷玄中寺，见道绰禅师，蒙授《无量寿经》。见净土九品道场，善导大师大喜曰：'此真入佛之津要，修余行业，迂僻难成，唯此法门，速超生死。'于是勤笃精苦，昼夜礼诵，如救头燃。善导大师每入室长跪唱佛，不到力尽，终不休歇。寒冰天气念佛，亦要念到汗湿衣襟才止息……护持戒品，纤毫不犯。心绝念于名闻利禄，从不举目而见女人。律己峻严，待人慈爱宽恕。凡美味佳肴都供养大众，粗粝饭食则留给自己……善导大师念佛功深，成就殊胜。念一声佛，则有一道光明从其口出……善导大师自利成就，悲心不舍众生，几十年中，孜孜弘扬净土法门，所有的供奉都用来写《阿弥陀经》，书写共达十万余卷，画西方净土变相三百余处。敦煌千佛洞中《观无量寿佛经》曼荼罗的成立，即是善导大师亲自作画，流传于世。举世共仰的洛阳龙门石窟卢舍那大佛，据考即为善导大师之所监造。"

公元1909年，日本学者橘瑞超等发现善导所书《往生礼赞偈》及《阿弥陀经》的断片，后者且附有善导大师的发愿文，这也许是善导大师所书写之阿弥陀经十万卷之一。又有《观无量寿佛经疏》亦称《观经四帖疏》，于8世纪时传入日本，流传甚广，日僧法然（源空）即依该书创立日本净土宗，并尊善导大师为高祖。该宗修法简单易行，流传甚广，已成为日本佛教最大宗派之一。而净土宗和后来的净土真宗均把西安的香积寺和山西交城的玄中寺作为祖庭。1980年5月14日是我国唐代高僧善导大师圆寂1300周年纪念日。中国佛教协会编辑出版了善导大师纪念集。由政府有关部门的大力支持，完成了修整西安神禾原善导塔及香积寺的初步工程。日本净土宗朋友特造善导大师像及幡幢等法物，分赠香积寺供奉并在玄中寺殿堂悬挂。

经充分准备，中国佛教协会代会长赵朴初、副秘书长正果法师等中国僧俗100多人与日本净土宗的三个访华团在香积寺善导大师塔前共同举办了隆重的法会。日本乐师演奏了日本人民保存至今的我国唐代雅乐，深切表达了对中日佛教共同祖德的追怀。

赵朴初与日本佛教净土宗三个访华团交流佛道、畅叙友情、以诗相赠：

汉俳五首
赠净土宗友好之翼访华团

海会集乃云，
千三百年得未曾。
花发四时春。

像法备庄严，
恍如对面梦中缘。
正值雨花天。

美意比兰馨，
香积堂前石佛灯。
万里眼中明。

云依古塔尊，
神禾原上柏森森。
黄鹂送好音。

桃李看齐芳，
万古江河德泽长。
永护弟兄邦。

汉俳二首

赠日本增上寺雅乐会访华团①

花照故园新，
《兰陵王》乐换千春②。
雅乐飞夏云。

柳暗又花明，
万古弹天音乐云。③
辛勤无尽灯。

原注：①日本净土宗大本山增上寺保存中国隋、唐音乐舞
蹈，名曰"雅乐"，师弟相传，至今1400余年，成为无形国
宝。顷因纪念我国唐代善导大师（日本净土宗尊为高祖）逝世
1300年，雅乐会组织代表团来华朝礼西安香积寺善导塔，除将

在塔前演出外，并在京沪表演，与我国音乐界座谈。②《兰陵王》是我国唐代教坊曲名，在我国词曲中有《兰陵王》曲牌名，并存乐谱，日本则兼有舞蹈。③音乐云，见《华严经》。

　　1980年11月12日下午，赵朴初与正果法师等人到北京机场迎接又一批日本客人——以曹洞宗永平寺贯主秦慧玉长老为名誉团长的"日中友好天童寺拜登参拜团"一行。该团主要是为参加天童寺日本道元禅师得法灵迹碑揭幕法会而来华访问的。

　　道元，又名希玄、道玄，日本京都人。他生于日本贵族家庭，3岁丧父，8岁丧母，14岁出家，24岁来华求法，当时中国正值南宋时期。在华期间，他先后参访过临济宗的无际了派，并到过天台、雁荡，后来参访天童寺遇如净，而"了却一生之大事"。

　　如净（1162—1227）是南宋时期曹洞宗山下的门人，自称长翁，越州（现浙江绍兴）人，修炼之法强调坐禅，认为坐禅的目的在于"身心脱落"。

　　道元拜师如净学禅还有一段有趣的传说：道元拜师，递上自己写就的请愿书。书曰："道元幼年发菩提心，在本国访道于诸师，聊识因果之所由。虽然如是，未明佛法僧之实归，徒滞名相之怀标。后入千光禅师之室，初闻临济之宗风。今随全法师而入炎宋，航海万里，任幻身于波涛，遂达大宋，得投和尚执法席，盖是宿福之庆幸也。和尚大慈大悲，外国远方之人所愿者，不拘时候，不具威仪，频频上方丈，欲拜问愚怀。无常迅速，生死事大，时不待人，去圣必侮。本师堂上大和尚大禅师，大慈大悲，哀愍听许道元问道问法，伏冀慈照，小师道元百拜磕头上覆。"

如净禅师答曰："元子参问，自今以后，不分昼夜时候，着衣，权衣，而来方丈室问道无妨。老僧一如亲父，恕尔无礼也。"

道元随如净学禅两年，于南宋宝庆3年（1227）返回日本，创日本佛教临济宗。《正法眼藏》是其代表著作，也是日本佛教史上第一部用日文撰写的佛学思想专著，在日本佛教史上占有重要地位，所以日本佛教临济宗称其为高祖。

经中日两国佛教界的共同努力和中国政府有关部门的大力支持，于浙江天童寺修建道元禅师得法灵迹碑一通。

13日上午，赵朴初在广济寺亲自接待了前来拜访的代表团一行，双方进行了友好交谈。交谈中，秦慧玉长老当场赋诗一首相赠：

太白峰天童如净禅师七百五十回讳寄怀

高祖若非参净翁，

洞家正脉何传东？

恩光七百五十稔，

太白山俨耸日中。

当晚，赵朴初出席中国佛协在人民大会堂举办的欢迎宴会，致欢迎辞并宣读所作和秦慧玉长老诗：

次韵奉和秦慧玉大长老
《太白峰天童如净禅师七百五十回讳寄怀》诗

伞松瓶钵辞嗣翁，

吸尽西江水向东。

116

共仰丰碑云远集，

喜看太白日方中。

　　1980年11月15日，赵朴初亲自陪同日本曹洞宗参拜团一起来到杭州，次日，祭扫了坐落在净慈寺后山的如净禅师墓塔，参拜了灵隐寺。当天中午，浙江省副省长陈作霖会见了参拜团领导成员秦慧玉长老等，并设午宴招待客人。

　　17日，代表团一行在赵朴初的陪同下来到宁波市鄞县东30余公里处太白峰下被誉为"天下禅宗"的天童寺。历经"文革"十年动乱，劫后重生的天童寺屹立在万山丛中。日本曹洞宗的法门兄弟，追怀先德，振锡遥临，虔修法要，顿使名山生色，法苑生辉。代表团成员92人与中国僧众一起共同举办了日本道元禅师得法灵迹碑揭幕法会。

　　9时许，寺内钟鼓齐鸣，香烟缭绕，好像750多年前日本道元禅师从中国如净禅师得法的庄严盛会至今依然未散。整个天童古寺洋溢着法喜和中日友好的气氛。

　　天童寺大佛殿中新塑的三尊大佛和两壁间的十八罗汉像金光闪闪。如净和道元两位禅师的牌位供奉在大佛后面飘海观音像旁。中日两国法门兄弟200多人在大雄宝殿内分别诵经，追怀共同祖师中国如净和日本道元两位禅师，赓续未来无尽的法缘。中国方面，由天童寺住持广修法师主法，赵朴初居士拈香；日本方面，由秦慧玉大长老主持诵经并拈香说法。

　　道元禅师得法灵迹碑坐落在大殿东边的云水堂后院，碑高三米。背身两面分别镌刻着赵朴初和秦慧玉的题词。大殿诵经仪式结束后，两邦佛子云集碑前，举行灵迹碑的揭幕典礼。赵朴初首先致辞。全文如下：

道元禅师得法灵迹碑，就"现行"之事业而言，它是今天树立的；就"种子"之意义而言，它早在七百六十四年前如净禅师与道元禅师心心相印的一刹那间，便已树立了起来。

道元禅师捉住天童鼻孔之后，回到日本，大播宗风。灵迹碑日益生长增高，撑天柱地，一直树立在八百万信众的心头。

如今因缘成熟，灵迹碑终于在原来下种的地方出现于世。

灵迹碑的揭幕，是揭开未来七百年、七千年，乃至无尽未来历史之序幕。这块无情的石头，将会真实不虚地代表道元禅师说法，它将永远永远没有间断地宣说如来的心印，扇扬祖师的宗旨，劝进中日两国佛教徒和人民的友情代代相传。

藉此因缘，我代表中国佛教协会和天童寺对日本曹洞宗永平寺乐助天童祖庭修复经费三千万日元的功德，表示欢喜赞叹。祝愿天童、永平两道场日益昌隆，如净、道元两祖师的慈光常照两国子孙同心同德，同修同证。

日本曹洞宗天童寺参拜团第五团团长大岛恭龙长老也讲了话。他对中国政府和中国佛教界为修复天童寺、建立道元禅师得法灵迹碑所做的努力表示衷心感谢。

揭幕仪式后，赵朴初居士和秦慧玉长老一起在灵迹碑旁栽上两株质地坚实、四季常青的黄杨树苗，象征着中日两国佛教徒和两国人民的友谊如同太白峰上的苍松翠柏，凌霜傲雪。永不凋谢。

日本曹洞宗大本山永平寺为纪念道元禅师在天童寺如净禅

师座下得法的因缘，1980年全年共派遣六个代表团，168人分批参拜天童祖庭。此次参加法会的是第五团、第四团和青年团。

朴初居士和秦慧玉长老分别书写了灵迹碑颂和灵迹碑铭，全文如下：

道元禅师得法灵迹碑颂

公元一千九百八十年十一月十七日，日本曹洞宗大本山永平寺贯首秦慧玉长老率众朝礼天童山祖庭，树碑以表彰遗德。震旦居士赵朴初敬提，并为颂曰：

卓卓禅师，法海神龙。早参尊宿，禅教兼通。

梯航入宋，访道天童。身心脱落，得法长翁。

传衣太白，建刹伞松。正法眼藏，演义开宗。

七百年后，德泽弥隆。云仍联袂，来礼遗踪。

立碑献颂，永仰高风。

道元禅师得法灵迹碑铭（传印译）

凡七百五十年前，吾道元高祖，初入中国，先参当山了派禅师。次历游诸山，一年后复还当山。途次，得知了派禅师示寂，失望欲归国，忽闻新住如净师高德，乃喜而随侍。一夜坐次，大众睡眠，净祖喝曰：参禅须身心脱落，只管打睡，何堪为者个？高祖闻言，豁然大悟，直上方丈焚香。净祖云：焚香事如何？高祖云：身心脱落而来。净祖曰：身心脱落，脱落身心。高祖云：此是暂时伎俩，请莫妄与印证。净祖云：脱落脱落。高祖礼拜，一时证契即通，嗣曹洞正派。实当一二二五年七月二日，高祖二十六岁时也。高祖更办道二年后，将净祖嗣书、顶项、袈裟

1978年10月8日，全国人大常委会副委员长乌兰夫会见以日中友好净土宗协会会长稻冈觉顺为团长、日中友好佛教协会会长塚本善隆为顾问的日中友好净土宗协会第一次访华团

等正传回国。即如所知，当山乃日本曹洞宗发祥之圣地也。净祖若非付法于高祖，今日安得吾宗？日本古来即由中国传授无量文化，报恩谢德，实为佛教之家常也。吾等愈应精进佛道，以其圆成中日友好。至祝至祷。聊勒此石，以留后世。

日本曹洞宗管长永平寺现住慧玉比丘敬志

　　由赵朴初亲自陪同，秦慧玉长老一行在杭州游览了西湖，在上海参拜了玉佛寺。12月22日，在完成了预定的佛事活动后，参拜团满载中国佛教徒和中国人民的深情厚谊从上海虹桥机场登机回国，赵朴初率正果、真禅法师等人前往送行。

　　1966年"文革"开始，中国佛教协会工作全部瘫痪，1972年恢复工作，1980年是其恢复工作以来最繁忙的一年。这一年，中国佛教协会接待前来参观访问的外宾、外籍华人、华侨和港澳同胞多达1972人次。1980年也是赵朴初格外高兴的一年。新春伊始，他满怀豪情写了献辞：

八十年代献词

放眼风云观世界，洪波涌起新年代。

不辞险阻与艰难，长征万里雄心在。

学业天人日日新，无穷智力勇兼仁。

良朋四海看携手，共为人间保太平。

年终岁尾，日本佛教界老朋友107岁的大西良庆长老给赵朴初寄诗祝贺：

谨贺新年

（日本）大西良庆

初日丽光万里通，国歌高响景无穷。

由来民族如兄弟，草座感深百七翁。

赵朴初回顾一年中的中日法门兄弟的友好来往自然心潮澎湃，提笔写出答诗一首：

奉和大西良庆大长老新年之作

耿耿心光法界通，众生无尽愿无穷。

欢腾两岸瞻人瑞，春海春山寿此翁。

十、天台创教 比睿承风

天台宗是汉传佛教重要宗派之一，发祥地为浙江省台州市天台县国清寺。因其创始人智𫖮常驻天台山弘法，故称天台宗。天台山国清寺是该宗祖庭。该宗后来传入韩国、日本，在那里有大批信众。

公元804年（唐德宗贞元二十年），日本最澄法师（即传教大师）随日本遣唐使来到中国，登天台山从国清寺道邃禅师和佛陇寺行满座主习天台教观。学成回国后，在比睿山延历寺创立日本天台宗，尊我国天台宗创始人智者大师及其传人道邃、行满为宗师。后来，日本天台宗信众发展到3000万，天台山是他们永久的心灵故乡。

1980年，日本天台宗怀着对祖师报恩的心愿，提出在我国天台山国清寺建立智者大师、传教大师（最澄）和行满、道邃大师的显彰碑。为纪念中日友好的先驱者和增进两国佛教界的友谊，中国佛教协会决定随喜日本天台宗这一殊胜功德。双方商定在显彰碑落成之际将共同举行揭幕报恩法会。

建碑工程于1982年春季正式启动，由于有关部门的大力支持，经过几个月的紧张施工，坐落在国清寺大殿东侧松林深处的三座中日天台宗祖师显彰碑和碑亭顺利落成。

碑亭坐北朝南，东西宽十米，南北深六米，是一座"双层六角飞檐，朱漆斗拱回廊式"的木结构建筑，与国清寺有名的隋梅成一直线。又和寺外的隋塔遥遥相望。亭内的三座碑高约丈许，中间是"天台智者大师赞仰颂碑"，东边是"行满座主赠别最澄大师碑"，西边是"最澄大师天台得法灵迹碑"。三座碑正面的碑文和"法乳千秋"的匾额均由赵朴初居士撰写，背面的碑文则由日本天台宗座主山田惠谛长老撰写。

赵朴初所写最澄大师天台得法灵迹碑正面碑文及赞如下：

最澄大师得法灵迹碑

唐贞元二十年，日本传教大师最澄入唐求法，登天台山，从国清寺道邃禅师传授天台教义，又从佛陇寺行满座主受学止观释签、法华、涅槃诸经疏，越年归国。自是法乳东流，于兹千载。今者日本天台宗座主山田惠谛长老猊下及诸大德，缅怀宗祖师资之遇合，来礼天台祖庭，仰慕前修，重温旧好。仅建最澄大师天台得法灵迹碑，俾垂永久。因随喜赞叹，并系以赞曰：

佛法东渐，大道弘开，宗派之始，厥惟天台。

北齐慧文，初启其绪，南岳慧思，实奠其基。

集大成者，智者大师，台宗建立，法华是依。

三观妙谛，不离一心，五时八教，楷定古今。

道邃行满，禀教湛然，最澄从学，国清修禅。

开宗比睿，奕叶相传，云仍后学，不忘前缘。

禹甸日域，风月同天，两邦缁素，乘大愿船。

勒斯贞石，垂示后贤，永持友好，亿万斯年。

佛历二千五百二十六年公元一千九百八十二年十月谷旦

中国佛教协会会长赵朴初敬撰并书

山田惠谛长老所写最澄大师得法灵迹碑背面碑文如下：

日本天台之始祖传教大师最澄，住于平安京都东岳比睿之峰，精进修持十有五年，搜佛法之玄奥，慕天台智颛禅师之高踪，于延历二十三年即大唐贞元二十年甲申，伴随遣唐使，渡海诣天台山国清寺。台州刺史陆淳鉴其求法之志，以弘道在人，人能持道，随喜书写天台法门而授予之。智者大师七传弟子修禅寺道邃和尚传授以菩萨之三聚大戒。佛陇寺行满大师座主付嘱以天台法门八十二卷，得法真髓。在山修行二百八十余日，归于日本，创建天台法华圆宗。住持佛法，利乐有情。日本佛教今日之兴隆，实深基于道邃禅师、行满座主之良导，洵希有哉。因以铭记天台佛法东渐之来由，酬谢高祖先德之恩惠。经由佛教，祈愿中日两国永远亲善与友好。

愿以此功德，普及于一切；我等与众生，皆共成佛道。时维公元1982年5月，日本天台宗总本山比睿山延历寺第二百五十三世天台座主惠谛敬。

中日两国佛教耆宿书写的碑文清楚地说明了天台山和比睿山的历史因缘和祖师们的传承关系；表达了希望中日两国佛教徒、两国人民世代友好、永远友好的强烈愿望。

1982年10月17日，88岁高龄的山田惠谛长老率领由日本天

124

台宗三千寺庙的代表139人组成的"日本天台宗建立祖师碑访华团"乘专机飞往杭州。当晚,浙江省刘亦夫副省长会见了访华团领导人并设宴招待来自传教大师故乡的客人。赵朴初会长因事不能离京,特派中国佛教协会副会长正果法师陪同日本同道,18日清晨到达天台山国清寺,受到该寺方丈唯觉法师率两序大众、天台山有关方面负责人和当地群众数百人的热烈、隆重的欢迎。在法乐声中,由维觉法师引导,山田惠谛等日本同道进入大雄宝殿礼佛诵经。当晚,维觉法师在妙法堂设素宴招待日本贵宾。

19日上午8时半,显彰碑揭幕典礼在香花罗列、庄严隆重的气氛中开始。正果副会长和山田惠谛座主、唯觉方丈和日本天台宗宗务总长清田寂圆、国清寺静慧首座和日本天台宗访华团总顾

1992年5月21日,赵朴初会长访问比睿山延历寺,与日本天台宗座主山田惠谛长老等合影留念

125

问里法海——揭开了罩在三座碑上的黄稠幕布。随后，正果和山田惠谛在典礼上发表讲话，热情洋溢地赞颂祖师恩德和两国佛教界的传统友谊。正果副会长说："这次建立的三祖师纪念碑，既是记录两国天台宗法脉源流的丰碑，也是颂扬两国佛教徒和两国人民传统友谊的丰碑。我衷心祝愿两国佛教界通过今天隆重的建碑纪念活动，把我们之间水乳交融的友好关系推向一个新的发展阶段，为佛法昌隆，为中日友谊和世界和平共同作出贡献。"山田惠谛长老强调说，感恩报德乃人伦之大本，佛教之要旨，我们要生生世世永不忘祖师的大德。接着两国300多名僧侣在揭幕式上分别诵经，并在大雄宝殿共同举行了"报恩法会"。

日本天台宗建立祖师碑访华团结束了在国清寺的佛事活动，到杭州、上海等地访问后，回到北京。

10月23日上午，乌兰夫副委员长会见了山田惠谛座主等日本朋友，同他们进行了亲切友好的交谈。乌兰夫对客人的来访表示热烈欢迎。

晚间，赵朴初会长举行宴会，招待山田惠谛长老一行。席间宾主共祝中日天台宗祖师显彰碑法会取得圆满成功。

时年正值山田惠谛长老88岁，赵朴初作汉俳两首赠予这位全天候的老朋友：

汉俳两首

贺山田惠谛长老米寿

一

樱花照佛前，
老柏长松比睿山。

久试雪霜寒。

二

开颜自乐天，

米家书画寿山川。

随喜更随缘。

1984年夏天，应中国佛教协会邀请，90岁高龄的山田惠谛长老为寻访先人足迹，朝拜五台山来华，赵朴初派专人陪同。

中国的五台山与日本的比睿山确有不解法缘。

原来，永和九年（公元838年），日本天台宗始祖最澄大师的学生圆仁（谥号慈觉大师，15岁师事最澄），来华求法，历时九年，曾登临五台，从僧人志远学修天台法门，在竹林寺受习"五会念佛法"，并以中台为起点巡礼五台圣迹。最澄圆寂后，圆仁开始弘法，写了《根本如法经》，建立了根本如法堂，成为日本天台宗的第二代祖师。

故天台、五台素为日本天台宗信众敬仰的祖庭，所以说天台、五台、比睿三山关系源远流长，法缘殊胜。

7月9日，山田惠谛长老回到北京。当天下午，在人民大会堂，中华人民共和国副主席乌兰夫由中国佛教协会会长赵朴初陪同亲切会见了长老及随行人员。乌兰夫握着他的手说，这几年中日友好发展有您的功劳。您身体很好，欢迎您在100岁生日时再来中国。山田惠谛连声说谢谢，并表示要为日中友好继续努力。

当晚，为祝贺日本佛教天台宗座主山田惠谛长老九旬大寿，赵朴初在北京饭店举行寿宴。他在致辞中说，在山田惠谛长老九旬大寿之际，我会同人有缘敬设菲宴，举觥祝嘏，略表微诚，感到非常亲切和荣幸。山田惠谛对中国佛协派人陪同他朝拜五台山深表感谢。他庆幸自己承受政治之恩，特别是日本过去给中国增添了许多麻烦，而中国却仍然宽大为怀，惠赐慈恩，回复往昔日中友好亲善的关系。他说，友好是本，如父如母，自己的力量虽然有限，但一定为日中永远友好尽绵薄之力。

赵朴初为记此事写汉俳二首：

汉俳二首

贺山田惠谛大长老九秩大庆

九十尚华年，
喜瞻百福相庄严。
花雨遍人间。

神州作胜游，
锡飞五顶愿欣酬。
海屋祝添筹。

1986年，日本天台宗253代座主，92岁高龄的山田惠谛长老，趁第二年比睿山开山1200周年的机缘，邀请赵朴初及天台、五台的法师赴日举行中日友好三山法会及赵会长汉俳碑揭幕仪式。山田长老并和庭野日敬、阿布野龙正等日本佛教各宗派及其他宗教的领导人一起在比睿山成立了"日本宗教代表者会议"用以主办"比睿山宗教首脑会议"，邀请各国宗教首脑赴会，从而把加强日中友好、推进国际宗教合作、维护世界和平三大主题有机地贯穿起来。这是以山田长老为代表的日本佛教界友好人士匠心独运、气魄宏大的创举。

山田长老非常重视赵朴初会长能否应邀赴会。1986年11月，他给赵朴初会长发来亲笔邀请信。1987年7月，又特派延历寺总务部长小林隆彰等三位先生来华递交山田长老切望赵会长应邀按期赴会的亲笔信，并商议会议日程安排。

中国佛教协会组成以赵朴初为团长，其中包括天台山的维觉法师、五台山的慈贵法师在内的中国佛教代表团应邀赴日。

1987年8月2日上午10时，"庆祝比睿山开创1200年中日友好三山法会"在比睿山根本中堂隆重举行。

1987年8月1日至29日，赵朴初会长率中国佛教协会代表团赴日本参加比睿山开山1200年庆典、比睿山宗教首脑会议以及中国五台山·天台山·日本比睿山三山法会

9时30分，赵朴初会长和山田长老同乘一部汽车，代表团其他成员同日本天台宗宗务厅及延历寺的主要执事、来宾等近百人列队步行，缓缓向根本中堂进发。仪仗庄严，气氛肃穆。前有"先拂"开道，"引头"向导，赵朴初会长、山田惠谛长老、唯觉法师、贵慈法师都配有专人打着朱红伞盖。根本中堂前有百余人夹道欢迎。

参加法会的代表共300多人，由山田惠谛长老主法，庭野日敬会长特来观礼。

首先山田惠谛长老宣读庆赞文。文中说，延历寺全山信众为了世界和平、佛法兴隆以及报答三山列祖的恩德，以清净的威仪和精诚的意志举办今天的法会。庆赞文回顾了最澄赴天台、圆仁、五台求法的经过，强调这些都是中国诸祖师、大德施予的恩泽，并指出在比睿山创建1200周年的嘉会上，同出一源的三山信众代表同堂举行法会，是为了共同祈求世界和平、万民福乐。

接着，天台山的唯觉法师拈香，宣读庆赞文，并向延历寺赠送了智者大师香樟木雕像。

然后，五台山慈贵法师拈香，宣读庆赞文，并将绘有五台胜景的山水画等纪念品赠送日方。

最后，由赵朴初会长拈香讲话。他深情地回顾了比睿、天台、五台三山法乳交融、源远流长的历史和山田长老1982年率团参拜天台山，1984年参拜五台山的经过，认为三山联合，共修法事是两国佛教千载难逢的殊胜因缘。对此，他表示欢喜赞叹。最后他祝愿三山佛门子弟进一步开展友好交流，为两国佛教徒和两国人民的永久和平与幸福作出新的贡献。致辞后，他向山田长老赠送了法宝——《房山石经》第一册。

上午11时，参加法会的全体人员云集比睿山文殊楼前举行"赵朴初先生汉俳碑揭幕典礼法会"。

为庆祝比睿山延历寺创建1200周年，赵朴初会长亲自撰写并手书汉俳五首赠给山田长老。日本天台宗为促进中日世代友好、表彰赵朴初会长为中日佛教文化交流和中日人民世代友好作出的贡献，将他的诗文墨迹传之后世，特决定择树木繁茂、环境清幽之胜地，觅晶莹华美、庄严典雅之佳石，请巧匠精心雕刻，立汉俳诗碑于比睿山文殊殿前，并把汉俳碑揭幕仪式作为比睿山开山1200周年庆祝活动的重要组成部分。

山田长老亲自主持典礼法会。长老致辞说，在庆祝延历寺开山1200周年之际，赵会长作汉俳五首为贺，"吟之俳趣幽玄，咏之诗味无穷，我们把它刻在石碑上传给后世，以此表达谢意。"长老热情赞扬赵朴初会长的学问、行持和他在中国佛教事业上的贡献，并祝中日永远保持友好，世界和平、万民欢乐。

接着，由赵朴初会长和夫人陈邦织女士与山田长老一起为汉俳碑揭幕。全体诵经之后，赵会长致谢辞。他说："汉俳诗碑在比睿山落成，生动体现了日本天台宗各位法友对中国佛教徒的深厚情谊。各位朋友给我这一荣誉，我深感当之有愧"，希望这块诗碑"能够长久地帮助人们回顾中日两国人民和佛教徒悠久的友好历史，携手并肩和睦友好地面向未来"。

当日中午，山田长老在比睿山宾馆主持了由100多人参加的盛大宴会，欢迎以赵朴初为首的中国佛教代表团并庆祝三山法会及汉俳碑落成典礼圆满成功。山田长老、赵朴初会长、庭野会长相继发表讲话盛赞中日佛教友好往来，盛赞中日人民友谊万古长青。

哲人逢盛事岂可无诗。赵朴初留诗两首:

八月二日,比睿山为纪念传教大师开山一千二百年,举行天台山、五台山、比睿山联合法会及汉俳碑揭幕式(二首)

千二百年今视昔,更千百岁后人看。

灵山一会三山共,誓续生生不尽缘。

不期鸿爪偶留泥,片石能言万劫奇。

从此朝朝常礼赞,文殊楼下诵皈依。

1993年5月20日,应全国政协副主席、中国佛教协会会长赵朴初居士的邀请,全日本佛教协会会长、天台宗座主山田惠谛长老率领近三百人的大型佛教访华团飞抵上海。赵朴初会长亲自到虹桥机场迎接,并陪同参观访问。

山田惠谛长老等人来中国是为度过他们的寿诞之日。中国佛教协会、上海市佛教协会、浙江省佛教协会于5月21日下午在上海友谊会堂宴会厅举行盛大寿宴,为山田惠谛长老祝贺"白寿"(九十九岁,百岁少一),为日本立正佼成会会长庭野日敬先生祝贺"米寿"(八十八岁),为日本宗教团体联合会会长田泽康三郎先生祝贺"伞"寿(日文伞字没有两点,即八十)。晚6点30分,身着紫色袈裟的山田惠谛长老在全国政协副主席、中国佛教协会会长赵朴初,上海市副市长龚学平,市委统战部部长赵定玉等人陪同下走入寿堂,顿时丝竹音乐响起,300多位中日佛教界人士起立,双手合十,向寿星们祝福。山田会长面色红润、慈容可鞠、含笑向大家致谢，全场轻松的掌声经久不息。

寿宴前，中共中央政治局委员、上海市委书记吴邦国会见了山田惠谛长老、庭野日敬先生、田泽康三郎先生等日本贵宾。

吴邦国对日本客人的来访表示欢迎，并祝贺山田惠谛长老的百岁大寿，祝在座的三位寿星长寿、长寿、再长寿，与大家并肩迈进21世纪。

吴邦国称赞山田惠谛长老等日本佛教界领袖长期以来为中日友好作出的贡献。他说，中日之间的友谊，是两国有识之士长期努力的结果，相信通过山田惠谛长老这次率领大型佛教访华团的访问，必将进一步促进日本与上海佛教界的交流，进一步促进中日友谊和世界稳定与和平。

山田惠谛长老对访华中受到各方面的招待表示衷心感谢。他说，十年前他访问中国，就是从上海开始的。这次访问更使他终生难忘。他在回顾了中日两国佛教界源远流长的交流史后说，日本佛教界人士普遍认为，不到中国祖庭来看看，就不能算是真正的佛教徒。他还说，这次大型佛教访华团所到之处均受到热情款待，反映了中日两国人民之间的深厚友谊。

寿庆完全按照中国传统仪轨进行。寿堂前正中为金黄色的帷幕，悬挂着"福、禄、寿"三星画像，表示"三星高照"；画像两侧，是中国佛教协会、上海市政府送的四幅"百寿字图"。100个用各种篆体书写的"寿"字裱在挂轴上。下面是一张长条供桌，供桌两旁分别放着四张太师椅。供桌上供着寿糕、寿桃、寿面，象征升高、光明和长寿。在供品的前面，放着一个青花瓷香炉，插着一只大寿字香，轻烟袅袅；两边烛台上点着一对巨大的红烛，烛光闪烁。烛台旁，燃着108盏长明灯。108在佛教中是吉祥数字，含无穷大之意，象征寿比南山、福如东海。

日本佛教界德高望重的元老山田惠谛先后来中国度过90岁和95岁寿辰，如今年近百岁大庆，仍一片热忱专程第三次来华欢度白寿，足见对中国感情至深。

首先由赵朴初会长致祝寿辞。他说："日本宗教界最具影响力的长者，三位老寿星光临上海，不仅是我国宗教界，也是中日两国人民友好交往中的一件盛事，它将成为两国人民友好关系的千秋佳话载入史册……山田长老说：'有效地利用生命，使生命具有价值，这才是生活'，'道心之中有衣食。衣食之中无道心'。我们要记住这些格言。只有以究道之心，为完成自己每天的工作下功夫、努力奋斗的人，才是过真正人类生活的人，才是度过有意义人生的人。佛教里把这种过着有意义生活的人称为'菩萨'。"

祝寿会由中国佛教协会副会长明旸法师主持。山田惠谛长老、庭野日敬先生、田泽康三郎先生分别致谢辞。在祝寿会上还表演了精彩的文艺节目。由上海市昆剧团演出"八仙祝寿"，普陀区少年宫艺术团表演了日本舞蹈和日本歌曲。宾主欢聚一堂，频频举杯，为中日两国人民的深厚友谊，为维护世界持久和平干杯。

同年9月，赵朴初第15次访日。他是应邀去日本参加纪念中日佛教友好交流及庆祝中国佛教协会成立40周年活动的。全日本佛教会会长山田惠谛亲自下山迎晤。随后日本佛教各宗派负责人350余人云集京都，在山田长老主持下举行盛大集会。

赵朴初在会上发表讲话。

他说："正当我国各民族各宗派数以亿计的佛教徒满怀喜悦心情，迎接中国佛教协会成立40周年纪念活动隆重举行之际，使我们感到特别高兴的是，这时也正好是新中国佛教界同日本佛教界恢复和发展两国佛教传统友好关系的40年。在这个难忘的、值得我们两国佛教徒珍惜和怀念的时刻，以山田惠谛座主为首的日本佛教各宗派的领导人发起在京都隆重举行'日中佛教友好交流大会'，并在日本各地举办纪念活动，唤起人们对过去40年来两国佛教友好历程的怀念，这充分体现了日本佛教界对继续发展两国佛教友好关系的真诚愿望和对中国佛教徒的友好情谊。我们一行应邀参加盛会及有关活动，感到非常荣幸。在此，我谨代表我们一行并以我个人的名义，对贵国佛教界的盛情邀请和热情友好接待表示衷心感谢……在回顾40年来的友好历程时，我们特别感谢日本佛教界所有为缔造日中友好大厦出过力，作出过贡献的各宗派的大德长老和长者居士，特别怀念那些对这一事业的成就作出杰出贡献，已经离开了我们的老前辈。提起他们的名字，便令人肃然起敬，因为他们在过去极为艰难的环境下为中日友好大厦铺设了基石。这些受人尊敬的前辈包括：椎尾弁匡、大谷莹润、菅原惠庆、高阶陇仙、大河内隆弘、冢本善隆、大西良庆、西川景文、山田无文、村濑玄妙、秦慧玉等长老，还有作为这次纪念活动发起人之一，新近圆寂的曹洞宗大本山永平寺贯首丹羽廉芳长老，他们的名字，将作为中日友好的象征，永远铭刻在两国佛教徒和两国人民的心里……有一件是我到日本之前没有想到的事，这就是韩国的许多佛教领袖们也来参加今天的盛会。这使我想起去年我在韩国时，日本佛教的好朋友们也赶到汉城参加东北亚佛教领导人和平座谈会。中日韩三国的佛教文化是我们三国人民之间的黄金纽带，源远流长，值得我们珍惜、爱护和继续发展。祝愿韩国佛教昌隆兴盛，祝愿中日韩三国友谊万古长青。"

会后，中日韩三国佛教领导人就以后加强友好，维护世界和平等问题举行了座谈。

1994年2月22日，百岁高僧山田惠谛长老圆寂，赵朴初会长得悉，十分悲痛。23日，他发出唁电。全文如下：

山谷文纯宗务总长
小林隆彰大僧正座下：

惊悉山田惠谛座主大长老示寂，无任哀悼。大长老硕德遐龄，万方景仰，一生致力弘传圣教，促进中日友好、世界和平，功德永久垂范人间。尚祈贵宗诸大德节哀保重。仅此致唁。伏希慧鉴。

中国佛教协会会长赵朴初拜启
一九九四年二月二十三日

中国佛教协会举行回向法会，赵朴初致辞，纪念中国人民这位全天候的老朋友。致辞中指出："我们今天沉痛悼念山田大长老，就是要像他那样，孜孜不倦地信奉、弘扬佛法，有效地利用有限的生命，投入到庄严国土、利乐有情、维护中日友好和世界和平事业的实际行动中去，只有这样，我们的生命才具有真正的价值。"

十一、纪念弘法大师　弘扬祖师遗德

　　1985年是日本佛教真言宗开山祖师空海（即弘法大师）圆寂1150周年，中国和日本佛教界将共同纪念这位中日文化交流的先驱者和其中国师父惠果和尚。

　　774年，空海出生在赞岐国，即今天日本香川县善通寺附近的屏风浦。此地面临气候温和的濑户内海，景色宜人。他出生于名门望族，从小就向他的舅父阿刀大足——当时日本一流学者，学习汉文典籍；15岁时，进入京城一所专门培养官吏的大学；不久，受一位僧侣的影响，辍学而遁入佛门。

　　804年，空海31岁，因才能出众，被选为来华的留学僧。

　　隋、唐时期，中国在世界上各方面都处于遥遥领先的地位。当时，佛教已传入日本，日本的改革家圣德太子（574—622年）规定以唐王朝为典范，建设新的国家。日本向唐王朝学习是全方位的，后来几乎把唐朝的整套制度都引进了日本。据中国有关古书记载：隋朝时，日本共有四次派出遣隋使；唐朝时，十三次派出遣唐使。隋、唐王朝对来自海上的日本使者态度友好，以礼相待。

　　空海和日本遣唐使一起乘船来华，在海上漂流了几十天，好不容易到达海岸，不期，却到了离长安尚有几千公里的福州。

福州人看到不知哪儿来的外国船，感到惊异。当地地方官不许他们登岸，于是空海用他积累的汉语言写了一篇骈文体的请愿文书。文中有"随波沉浮，任风南北。唯见天水之碧色，岂睹山谷之白雾。漂流海上，二月有余。水尽人乏，海广陆远。欲飞无翼，欲游无鳍，何以足喻。唯八月初见云峰，欢欣莫名。如赤子之得母，久旱逢甘霖……"

当地官员看到这份请愿文书，一方面非常感动，一方面十分赞赏空海的文才，不但允许他们登岸，并且给予热情款待。

空海和遣唐使一行23人艰难跋涉7个月最终到达长安。他求道心切，在长安走访了许多寺院，不期在青龙寺遇到了名僧惠果和尚，乃拜其为师。三朝帝师惠果和尚很欣赏空海的才华，把佛教教义，特别是从印度刚刚传到中国的密教传授给他，这件事对后来日本佛教真言宗的创立起了关键作用。惠果和尚将一脉相承的密教大法全部传授给空海，留下"早归故乡，流布密教于天下，造福民众，则四海安泰，万民欢乐"的遗言便圆寂了。作为东瀛一青年留学僧，空海被众多门徒推举撰写追悼惠果和尚的碑文。空海在长安每日如饥似渴地汲取中国文化，除佛教外，空海还学习了中国美术、工艺，最新的科技、医学、书法和梵文。

公元806年，经过三年夜以继日地学习和修炼，空海回到他的祖国——日本。

817年，日本朝廷允许空海在和歌山的高野山建立金刚峰寺；823年，又把京都的东寺赏赐给他，空海在此创建了日本佛教真言宗。835年，空海在高野山与世长辞，时年62岁。

如今，空海开创的佛教真言宗包括了18个大本山，信众千万以上。

高野山真言宗宗务总长阿布野龙正曾来华访问，同赵朴初商议以"追怀祖宗遗德，加强中日友好"为目的的纪念空海大师活动的具体安排。纪念活动惊动了日本的高层。10月份，为纪念弘法大师示寂1150周年，日本首相中曾根致函中国佛教协会会长赵朴初。全文如下：

中国佛教协会会长赵朴初先生：

在此秋高气爽气候宜人的季节，相信您一定福体康胜，我亦衷心感到高兴。在今年六月，我的亲信友人高野山真言宗宗务总长阿布野龙正访华时，直接见到您，并且向您提出计划；我亦为了能更加增进日中两国的友好关系特地书以此信，请您多加关照。

如您所知，真言宗的元祖弘法大师空海，在中国学习了中国文化，并且深受中国宗教文化的影响，这个影响可以说是建立今日日中文化交流的基础，这是有历史证明的。

明年，一九八四年正逢弘法大师入定一千一百五十周年，借此机会，真言宗的信徒们提出了"空海至长安之路"的纪念活动计划，这个计划的内容是曾经培养了弘法大师的从福州到西安的中国各地的追忆旅行，并且从旅行中体验大师的遗德；同时，与中国佛教的诸方信徒缔结更深的亲善友好，使日中两国的文化交流更加有所进展。为了实现此计划，中国有关方面的理解与支持是不可欠缺的。在此深深恩请您多多给予协助。

最后，敬祝您及佛教协会的各位先生们身体健康！

内阁总理大臣中曾根康弘（签名）

一九八三年十月十五日

　　经过中、日双方密切协商，赵朴初的亲自过问，为该团访华制订了周密的计划，每段行程都安排专人接待。日本真言宗派遣了以静慈圆为团长，备前有龙为副团长，武内孝善为秘书长的一行8人"空海至长安之路"访华团，来华巡礼空海当年入唐求法从福建到长安所经过的道路，追忆祖宗遗德，同我国佛教界进行友好交流。该团从2月27日至4月6日进行了为期40天的友好访问，行程2700多公里，先后访问了北京，福建省的福州、霞浦、南平、建瓯、浦城，浙江省的杭州、绍兴、天台山、宁波，江苏省的苏州、无锡、常州、镇江、扬州、南京，河南省的郑州、开封、登封、巩县、洛阳及上海、西安等地，朝拜了30多所寺庙，受到我国各地佛教四众的热烈欢迎和亲切款待。

　　访华团在空海当年入唐时船只靠岸的福建省霞浦县赤岸镇举行了足迹巡拜活动开启仪式。团员们头戴斗笠，身披袈裟，脚穿草履，面向高野山念诵经文，追念祖宗。巡拜过程中他们在福建参加了"空海入唐之地"的建碑仪式，在西安青龙寺举行了弘法大师入定1150周年纪念法会，瞻仰了镇江金山寺所藏以"空海修行古刹"为题材的诗轴和苏州灵岩山寺所藏明代空海铜像。他们对赵朴初为首的中国佛教协会及所经各地有关部门的大力支持和关照，表示衷心感谢。

　　通过巡访活动，代表团亲眼见到中国认真落实宗教信仰自由政策的许多生动事实，留下了深刻的印象。静慈圆团长说："我们看到中国佛教界青年一代的接班人正在成长，感到十分高兴。他们不但肩负着中国佛教事业的未来，也肩负着发展日中佛教界友好交往的未来。我们对日中佛教界友好交往的前景充满信心。我们决心把这次访华巡拜活动作为发展日中友好的新起点，像弘法大师那样做日中两国友好交流的桥梁。"

巡访团的原定任务顺利完成。日本首相中曾根康弘听到消息十分高兴，立即写信给中国佛教协会会长赵朴初。原文如下：

中国佛教协会会长赵朴初先生：

正直春光明媚之际，敬祝中国佛教协会会长赵朴初先生无恙。

日前高野山真言宗组织派遣之"空海长安之路"访华团，蒙您照顾已顺利回国。派遣该团负责人乃是我老友阿布野龙正高野山真言宗宗务总长。据其报告，该团既能路过外国人未该进之地方并受到热烈欢迎，又蒙各地佛教协会及有关方面周到安排，圆满结束访问，甚为感激。悉知令人甚感会长先生精心关照及贵会之大力协助。每日报纸发表此一旅程之情景，坚信这必定愈益加深日中两国国民之间的友谊，并能更加促进两国文化交流。

理应拜会尊颜致谢为要，虽为欠礼，兹以寸简深表谢忱。并祝

日中友好日益加强，

会长先生身体健康。

日本国内阁总理大臣中曾根弘康（签名）

一九八四年四月十四日

6月份，中国佛教协会收到弘法大师入定1150周年纪念"空海赴长安之道"实行委员会委员长、高野山真言宗宗务总长阿布野龙正，访华团团长静慈圆等人寄来的感谢信。信中

1984年9月8日，由日本真言宗各派总大本山捐资倡修、中国佛教协会和西安市有关单位协作修建的"惠果、空海纪念堂"在西安青龙寺遗址落成，中日两国佛教徒隆重举行庆祝仪式。赵朴初会长、阿部野龙正长老等为纪念堂剪彩

说："这次我们真言宗为了纪念弘法大师入定一千一百五十周年，缅怀开山祖师的创业艰难，追思昔日中国朝野的友谊恩德，特别组织了一个'空海赴长安之旅'的访华团。承蒙中国佛教协会，沿途有关单位及各位先生的鼎力协助，当初的计划终于顺利达成，而今我们深深体会到中日两国的友谊古今无异，历久如新。在此，仅让我们代表真言密宗一千万信徒，重新向各位表达最高的敬意与谢忱。……四月一日至五月二十日，在高野山举行的弘法大师圆寂佛事，亦已圆满告终。佛事期间，僧俗进香，络绎于道，诚近年来所未有的盛况。自空海从贵国承续衣钵以来，代有传人，远近皈依，而香火之

盛，更有后来居上之势，这也是我们必须在此向各位报告的事情。……另外，《空海赴长安之道》画报也编辑完成，正式出版，仅同函呈上，一表我们虔诚的心意。"

1984年9月6日，国家副主席乌兰夫在人民大会堂会见以阿部野龙正为总团长的日本真言宗"惠果、空海纪念堂"落成法会访华团主要成员

9月5日下午，由中国人民对外友好协会、中日友好协会和中国佛教协会联合举办的日本文化名人、中日文化交流先驱者空海大师圆寂1150周年纪念会在人民大会堂举行。

中共中央政治局委员、中日友协名誉会长王震，中国佛教协会会长赵朴初，中日友协会长夏衍，文化部长朱穆之，中国社会科学院世界宗教所所长任继愈，首都文化界和佛教界人士，日本驻华大使中江要介和大使馆官员以及正在北京访问的日本真言宗"惠果、空海纪念堂"落成法会代表团共五百余人参加了纪念会。纪念会由对外友协会长王炳南主持，夏衍、赵朴初、阿布野龙正等讲了话。

赵朴初在追述弘法大师的业绩之后说："中日两国文化一千多年来，互相补充，互相推动，形成了在东方文化中最为密切、最具特色的一个体系。这个体系的形成和两国人民无比深厚的历史友谊的建立，是同两国佛教先人，如鉴真、弘法大师等的艰苦努力、辛勤缔构分不开的。我们今天纪念这些伟大的先人不仅是表达我们追怀崇敬的心情，更主要的是要踏着前贤的脚步，把他们开创的历史业绩，推向一个新阶段……"

9月6日上午，国家副主席乌兰夫在人民大会堂会见了以阿布野龙正为总团长的代表团主要成员，同他们进行了亲切友好的谈话。

为纪念惠果、空海，由日本真言宗各派总大本山会捐资倡修、中国佛教协会和西安市有关单位协作修建的"惠果、空海纪念堂"在西安青龙寺遗址落成。9月8日，中日两国佛教徒在青龙寺隆重举行仪式，热烈祝贺中日佛教文化交流史上的又一盛事。

上午8时许，以阿布野龙正为总团长的"日中友好惠果、空海纪念堂落成法会访华团"一行200多人，在秋雨濛濛中来到纪念堂时，200多名中国少年儿童在雨中手持鲜花热烈欢迎来自友好邻邦的客人。全国政协副主席、中国佛教协会赵朴初会长，正果副会长等出席了庆祝大会和庆祝法会。西安市佛教徒及各界人士400多人参加了庆祝典礼。

日本首相中曾根康弘委派代表原建三郎为惠果、空海纪念堂落成庆祝大会致祝辞。祝辞全文如下：

经过日本真言宗十八家总本山、大本山组成的真言宗各山会的热诚努力，得以在"真言宗第七祖惠果和尚、第八祖空海和尚"两位大师相传密教之胜地、中国西安青龙寺旧址兴建的"惠果、空海纪念堂"终于落成了。今天举行落成典礼，我以十分喜悦的心情和大家共同庆祝这个盛典。并在此向为惠果、空海纪念堂的建设尽了力量的有关各单位表示热烈的祝贺！同时向给予这个事业理解和支援的中华人民共和国政府，特别是承蒙大力协助的中国共产党总书记胡耀邦阁下，以及中国人民表示衷心的感谢。

在这里还要格外地感谢中国佛教协会会长赵朴初先生的指导及西安市政府各位先生的关照，并向他们表示由衷的谢意。

真言密教不言而喻，是从印度经中国传入日本的，尔后一千一百八十多年，它在日本人心中扎下了根，对日本文化和国民精神的形成起了重大的作用。以真言密宗为代表的佛教交流为机缘，得以加深的日中两国关系，如今已结出丰硕成果，在经济、文化等各领域已结成了密切的友好关系。

真言密宗的教义，不仅加深了日中两国在精神文化方面的连带关系，而且也推动着全世界共同的伟大精神财富的发展。

因此，日中两国的佛教交流能像今天这样蓬勃发展，有着极为深远的意义。

我衷心祝愿新落成的"惠果、空海纪念堂"与此前落成的"空海纪念碑"一道为增进日中两国友好关系作出贡献。而且为全世界佛教徒的交流，进一步为促进世界和平作出巨大贡献。

　　　　　　　　　　日本国内阁总理大臣中曾根弘康
　　　　　　　　　　　　　　九月八日

在庆祝仪式上，赵朴初会长、西安市张铁民市长、阿布野龙正总团长、松本实道名誉团长共同为"惠果、空海纪念堂"剪彩。张铁民、阿布野龙正、日本国内阁总理大臣中曾根康弘的代表原建三郎、赵朴初等先后在会上发表了热情洋溢的讲话，高度评价惠果、空海两位高僧对中日两国佛教和文化等方面的友好交流所作出的宝贵贡献。

中日300多名佛教徒在惠果、空海两位祖师像前举行了庄严隆重的法会。正果法师和阿布野龙正总团长分别主持了诵经和修法仪式，赵朴初会长亲自在祖师像前拈香致礼。

当晚，西安市修复青龙寺委员会在西安人民大厦举行盛大宴会，热烈庆贺惠果、空海纪念堂圆满建成。何家成主任委员

1984年9月9日，以高野山真言宗宗务总长阿部野龙正为总团长、中曾根首相的代表原健三郎为名誉顾问、真言宗长者松本实道为名誉团长的日本真言宗"惠果、空海纪念堂"落成法会访华团一行拜访中国佛教协会。松本实道长老向赵朴初会长赠送锦旗

在讲话中回顾了中日双方合作修建惠果、空海纪念堂的经过。他说，五年来，日本真言宗七次派团来西安商谈修复青龙寺的问题。经双方三年多的合作，一座仿唐建筑——"惠果、空海纪念堂"已经巍然矗立在古都长安乐游原青龙寺旧址。这座纪念堂将作为中日两国人民友谊的见证永世长存。

张铁民市长和阿布野龙正总团长先后在热烈的掌声中致辞，一致认为惠果、空海纪念堂的建成，是中日文化交流史上的盛事。阿布野龙正满怀激情地说："九月八日是一个值得我们永远纪念的日子。我们日本真言宗长期以来想在西安青龙寺东塔院旧址修建惠果、空海纪念堂的愿望今天终于圆满地实现了。……惠果、空海纪念堂的建成，我长久以来的心愿开花结果了，内心充满着感激之情。"

席间，西安市文艺工作者表演了节目，宴会尽欢而散。

在西安参加了"惠果、空海纪念堂"落成法会的日本真言宗18个总本山的朋友9月9日晚举行盛宴，热烈祝贺"惠果、空海纪念堂"的建成，感谢我国各方面的支持和协作。赵朴初会长等中方人士莅临。主宾300多人，济济一堂，频频举杯，畅叙友情，共祝中日友好关系的不断发展。

赵朴初会长在热烈的掌声中祝酒。他说："惠果、空海纪念堂的建成，是两国文化交流史上千载一时的盛举，又是一时千载的盛举，标志着两国佛教千年以上的传统友谊，象征着两国未来长久友爱的光明前景。这几天秋雨连绵，人天欢喜，犹如甘露灌顶。昨天我写了三首汉俳，抒发内心的喜悦心情。"

接着，他抑扬顿挫地朗读起来：

一

秋色焕长安

一时海会集群贤。

千载两邦欢。

二

栋宇俨中唐，

青龙腾起赤霞光。

天际接金刚。

三

遗像仰英姿，

恍见当年得法时。

甘露护孙枝。

宴会厅又一次响起雷鸣般的掌声。后来，这三首汉徘在日本真言宗信徒中广泛流传。

这时，"阐述此一中日文化结合之盛缘，表扬大师继往开来之硕德"的《唐代青龙寺——空海之足迹》一书已出版发行，赵朴初写了序言。序言中说："余感中日文化交流，源远流长，佛法传播为之桢干，名德往来，代不乏人，参学互资，共庆休祥……今则中日世代永好已为两国长远国策，日本真言宗各山合力纪念大师之盛举，实足以光显千载授受之血脉，增上万里往来之亲谊，永敦宿好，垂范来叶……"

　　一年后的1984年5月25日，在苏州寒山寺新落成的弘法堂内，寒山寺四众弟子同来自日本爱媛县日中友好奉赞会的100多名佛教界人士隆重举行空海大师铜像揭幕仪式。空海大师立像，高2.2米，重1.3吨，由日本爱媛县日中友好奉赞会赠送。全国政协副主席、中国佛教协会会长赵朴初亲自题写了弘法堂匾额。堂内除供奉空海大师立像外，西侧还供奉着唐代中国高僧鉴真大师坐像，中间为玄奘大师坐像。如此供奉是根据赵朴初的意见决定的。中日三法师供奉一堂，体现了中日两国佛教和两国人民友好交流源远流长。

十二、缔结友好寺院　深入文化交流

　　为加强中日佛教友好交流，中日之间还对应缔结了友好寺院。1992年11月，由于赵朴初的积极倡导，中国开封大相国寺与日本京都相国寺缔结为友好寺院。此举在两国佛教界尚属首次！两座同叫"相国寺"的寺院有着不可分割的历史渊源：

　　开封大相国寺位于著名文化历史名城、七朝古都开封市中心，是一座千年古刹，是著名的皇家寺院，是中国十大历史名寺之一。它始建于北齐天保六年（555年），原名建国寺。唐代延和元年（712年），唐睿宗为纪念自己由相王登上皇位，赐名"大相国寺"。北宋时期，大相国寺作为开封的最大佛寺，尤得皇帝尊崇，地位日益升高，成为名震天下的皇家寺院。寺内名僧辈出。鼎盛时期占地达500余亩，辖64个禅、律院，僧众数千人，成为全国佛教中心。

　　大相国寺在中国佛教史上有着重要的地位和广泛的影响，且成了中外佛教交流的重要场所。唐代，日本高僧空海赴长安学习佛法，曾寄居大相国寺。宋代，每逢海外僧侣来华，皇帝多诏令大相国寺接待；四方使节抵汴，必定入寺巡礼观光。宋神宗时，日僧成寻曾率弟子前来巡拜。日本佛教界出于对大相国寺的钦慕，在公元1382年，在京都也创建了相国寺。京都相国寺为日本临济宗相国寺派大本山寺院，正式名称为万年相国

150

承天禅寺，位列京都五山第二位，称万年山（京都五山，是日本京都五所著名佛教临济宗寺院的并称），第一任住持为日本名僧梦窗疎石。

大相国寺作为开封市的重要名胜古迹之一，一直受到当地人民政府的重视和关注。1963年，河南省人民政府列大相国寺为重点文物保护单位。

直到1992年，开封大相国寺才恢复佛事活动，这又是赵朴初先生不懈努力的结果。中华人民共和国成立后，特别是十年浩劫后，对没有佛教活动的大相国寺，海内外佛教界人士都十分关心，不时发出要求将大相国寺恢复为佛教活动场所的呼声。全国政协副主席、中国佛教协会会长赵朴初，对此十分关注。他深切感到，大相国寺能否回归佛教，这是关系到宗教政策落实的大事。为此，他曾亲自在全国政协的各种会议上反复谈及大相国寺的落实政策问题，几次上书中央国务院，反映情况，发出呼吁，提出建议。这些呼吁和建议，得到了中央有关领导的亲笔批示后，受到了河南省委、省政府的高度重视。经多方面协调，理顺关系，河南省人民政府于1992年3月30日下达文件，批准将大相国寺恢复为佛教活动场所，交由僧人管理。这是中国佛教界的盛事，赵朴初闻讯后，欣喜万分，以诗记之：

开封市统战部长马林同志来告，相国寺将于下月提前移交

感君专程来，告我好消息。
宝刹得重光，国恩与党力。
佛子应三思，如何争朝夕。

> 立德复立功，为民服劳役。
>
> 为振兴河南，为庄严祖国。

赵朴初不顾年迈体弱，于4月，亲赴河南开封，率领海内外佛子三百余众，在刚刚归还佛教界的大相国寺的大雄宝殿内，举行了新中国成立以来的首次盛大法会。

其后，有关部门对大相国寺进行恢复、重建工程。仅半年多的时间，大相国寺已面貌一新。重建后的大相国寺，除大门口牌楼外，有天王殿、大雄宝殿、罗汉殿（八角琉璃殿）、藏经楼等，所有新修的建筑结构严整，气象威严。东西两庑廊屋，也都修葺一新。赵朴初为大相国寺题"大相国寺"匾额，又亲自从全国范围物色好方丈。

1992年11月6日，大相国寺隆重举行了佛像开光、迎奉藏经、方丈升座的典礼活动。这一庆典活动，宣告了古老而又饱经沧桑的大相国寺，从此结束了将近七十年有寺无僧的历史。赵朴初出席了开光典礼活动，并赠予大相国寺《乾隆版大藏经》一部，共七千余册。

正因为开封大相国寺与京都相国寺有如此渊源，所以自1983年改革开放以来，京都相国寺多次组团前来开封大国相寺访问，并与已故原河南佛教协会会长、河南佛学社社长净严长老达成日本京都相国寺与开封大相寺缔结友好寺院，增进中日佛教界传统友谊的意向。他们这一大愿，通过双方的共同努力，终于在纪念中日邦交正常化20周年之际成为现实。

1992年11月5日，开封大相国寺与京都大相国寺签署了《中国开封大相国寺和日本国相国寺缔结友好寺院协议书》。协议

1992年11月5日，开封大相国寺与日本相国寺结为友好寺院。开封大相国寺方丈真禅法师与日本临济宗相国寺派管长梶谷宗忍长老在协议书上签字

文本的主要内容是：一、增进中日两相国寺佛教文化交流；二、交换进修研究人员；三、举办演讲会、展览等；四、交换佛教图书、资料。签字仪式后，双方互致祝贺，并合影留念。

赵朴初会长在隆重的签约仪式上发表了热情洋溢的讲话。他说："尊敬的梶谷宗忍长老，尊敬的有马赖底长老，尊敬的日本临济宗相国寺派访华团的各位大德，各位法师，各位朋友：在开封大相国寺举行佛像开光、迎奉藏经和方丈升座大典的前夕，我们在这里隆重举行中日两国相国寺缔结友好寺院的签约仪式，标志着中日两国佛教友好关系的新发展，我谨代表中国佛教协会并以我个人的名义对远道前来参加'友好寺院'缔约仪式和大相国寺开光盛典的梶谷宗忍长老等日本临济宗相国寺派的朋友们表示衷心的欢迎和亲切地问候，对两国相国寺结为友好寺院这一殊胜法缘表示热烈的祝贺。"

接着，他详细讲述了中国大相国寺1400多年中几度兴废的历史，并指出：河南省政府于今年4月下达文件，同意将相国寺作为宗教活动场所开放，这是中国政府认真贯彻宗教信仰自由政策，倾听佛教界人士意见又一生动体现。他号召佛教四众要十分珍惜这一殊胜的时节因缘，一定逐步恢复相国寺昔日宗风鼎盛时的气象，把相国寺办成体现佛教精神、净化社会人心、促进海内外佛教交流的庄严道场。

谈到日本相国寺创建以来600多年的历史，赵朴初会长指出："它既是日本临济宗相国寺派的大本山，也是在日本文化史上占有重要地位的'五山文化'的发祥地之一。日本相国寺从创始至今，禅僧辈出，人文荟萃，开祖梦窗疏石禅师和第一任住持春屋妙葩禅师既是著名的禅者，又是才华出众的文人，在日本佛教界和文化界具有广泛的影响。日本相国寺与中国开封相国寺不仅寺名完全一致，而且都有自己熠熠发光的历史篇章。"

谈到两寺缔结友好寺院的因缘时，赵朴初说："从我国实行改革开放以来，日本相国寺曾多次组团来开封访问大相国寺，并提出日本相国寺愿与开封相国寺缔结为友好寺院。日本佛教界这一旨在发展中日佛教传统友谊的深心大愿，通过双方的共同努力，终于在纪念中日邦交正常化20周年的时候变成了现实。"

放眼未来，赵朴初指出："我们不应该把这一活动的意义仅仅局限于中日两座相国寺的友好关系上，应该把它看作是中

日两国佛教友谊深入发展的一个新的标志、新的起点。我们相
信，中日两相国寺结为友好寺院，必将成为推动中日佛教友好
交流的新生力量。在今后的交往中，彼此携手并肩，同心协
力。为弘扬佛法，广度众生，为中日两国人民的世代友谊，为
亚洲及世界和平作出新的贡献。"

赵朴初的讲话获得中外来宾雷鸣般的掌声。

签约仪式后赵朴初以诗记之：

贺中日相国寺结为友好寺院

百年重现千秋盛，一寺中兴两国欢。

佛日东西同一照，八表云来礼奉先。

日本京都相国寺长老梶谷宗忍亦赋汉诗云：

师恩祖德何以报，一朵黄花一柱烟；

萧寺伽蓝面目新，两邦僧侣更相亲。

开封大相国寺与京都相国寺缔结为友好寺院在两国佛教界
尚属首次，也是河南省佛教界的一大盛事，对提高大相国寺在
海内外的知名度，促进河南省佛教界与海内外佛教界的友好交
流有着重大意义。这当中又包含着赵朴初先生多大的努力，自
是不言而喻！步其后踵，时隔不久北京灵光寺与京都灵云院，
云南大理崇圣寺与日本"日中临黄友好交流协会"签约共建友
好寺院。这大大加强了两国寺院间的友好交流。

十三、与菅原惠庆长老的深情厚谊

　　日本佛教宗派林立，中国佛教协会会长赵朴初与日本佛教诸宗的各个门派都保持着良好的关系，特别与日本净土宗来往频繁、友谊深厚。

　　日本净土宗开始于平安末期（12世纪）。当时社会动荡不安，人们向往他方净土的思想产生。曾在中国游学的空也和尚于民间提倡念佛法门，以称念佛号为主，净土乃成为普遍信仰。空也之后，天台宗系的良忍和尚创"融通念佛宗"，为净土信仰开辟新局。镰仓时代，法然和尚依中国善导《观经疏》，以平安的东山为据点，强调"往生之道，念佛为先"，净土于焉成立为宗。由于战乱频仍，念佛法门简单易行，于是迅速扩展普及。法然圆寂后，其门下弟子各立其派，其中又衍出一遍上人所创立的"时宗"，风行一时。法然的净土宗系至今仍为日本佛教最大宗派之一，大小寺院七千余所，对日本佛教影响颇大。

　　追根溯源，我国山西玄中寺不仅是我国佛教净土宗的祖庭之一，也是日本净土宗各派的祖庭。

　　文献记载："位于山西交城石壁山一派翠绿丛中的玄中寺，创建于北魏延兴二年（公元472年），距今已有1542年。昙鸾、道绰、善导三位大师先后驻锡于此，历来为佛教四众敬仰之圣地。始祖昙鸾大师，博学经藏，深研教理，于北魏永平元年，遇菩提流支并随其受学《观无量寿经》，遂有所悟，专唱净土，后往玄中寺，著作弘法，广流于世；隋大业五年，道绰大师承昙鸾大师之业，居于玄中寺行化，专讲《观无量寿经》，论述净土，遂使口诵弥陀，道俗争赴；唐初，善导大师惟行弥陀净土，著述有'五部九卷'，广行教化，千年盛行，并传到韩、日等国，朝野妇孺，莫不奉行。"韩、日的净土思想正是在唐代从中国传入的。只是到12世纪末，日本社会动荡、民不聊生，百姓需要心灵的慰藉，净土宗在日本才开始兴盛起来。

赵朴初和日本净土宗的大德长老在长期交往中建立了良好的个人关系，特别是与菅原惠庆长老法谊深厚。他为净土宗各派系来山西省玄中寺寻根拜祖及加强日本枣寺与山西玄中寺的友好交往做了大量的工作。20世纪20年代初，日本净土真宗著名佛教学者常盘大定博士，为考察日本净土宗祖庭，克服重重困难，数次来华参访，调查了解中国佛教史迹，最后发现了湮灭已久的净土宗发祥地、日本净土宗佛教徒的心灵故乡——玄中寺，并公布于世。

菅原惠庆长老是日本净土真宗大谷派东京运行寺第七世住持（净土真宗是净土宗的一个分支）。他热心钻研昙鸾大师学说，追求净土真髓，终生弘传净土真宗教义，立志献身中日佛教友好交流事业。他特别尊崇昙鸾大师，牢记大师的教诲，以忏悔的心情对日本在第二次世界大战时期对世界、特别是对亚洲临近各国人民造成惨绝人寰的灾难深感自责，他常在大师像前忏悔自己未能阻止日本军国主义的侵华战争。他决心以满腔热情和不懈的努力，致力于消除那场不幸的战争给中日两国佛教徒和两国人民造成的隔阂和创伤，力图通过两国佛教的友好往来奠定新中国成立后中日两国人民友好交流的基础。其精神十分感人。

赵朴初曾对身边工作人员说："早在1942年，日本侵华日军打着'共荣亲善'的旗号，对我国疯狂进行抢光、烧光、杀光的'三光'政策的时候，菅原长老不顾个人安危、冲破重重阻力来到山西，踏着崎岖的泥泞土路，登上石壁山，来到遭受日军严重破坏的玄中寺，参加中日两国佛教徒共同举办的纪念昙鸾大师圆寂1400年奉赞会，和饱受日本侵略者蹂躏的中国僧众一起追念和朝拜中日两国净土宗共同的初祖。菅原长老这种光明正大的行为是对当时日本军国主义侵华的无声抗议！"赵朴初还说："那次菅原长老来玄中寺正值中秋时节，寺内棵棵枣树上枣子正红。为了纪念初次参拜祖庭，他摘下三颗大红枣带回日本，请专家指导将枣核培育成树苗，种植在东京他当住持的运行寺内。菅原长老按时给刚刚出土的枣树苗浇水、施肥。农谚云'桃三杏四梨五年，枣树当年就还钱。'果然，第二年三颗小枣树每棵上都结了几个大红枣。菅原长老高兴地请了一位画家精心绘制了三棵枣树图，作为镇寺之宝，在运行寺予以珍藏。1954年10月，中国红十字会李德全会长（时任中国卫生部长）和廖承志副会长访问日本，菅原长老参加了欢迎宴会。为了纪念日本东京运行寺和中国玄中寺这段美好因缘，在宴会进行中菅原长老宣布将日本东京运行寺改名为'枣寺'（又名玄中别寺），以此寄托广大日本佛教徒和日本人民渴望日中两国世代友好的善愿。他本人成为枣寺的第一任住持。这就是'枣寺'这一名字的由来。"

作为中日两国佛教净土宗共同祖庭的玄中寺，新中国成立时，因年久失修，千疮百孔，颓垣断壁，几近荒废。1953年9月，菅原惠庆长老作为日本第二次奉持中国殉难烈士遗骨护送团团长来华访问，赵朴初负责全程接待。他陪同周恩来总理会见了访华团一行、陪访华团去山西玄中寺参拜祖庭。

赵朴初还陪同中国红十字会顾问廖承志和访问团进行了亲切友好的会谈。会谈中，廖承志问菅原惠庆长老有什么要求。长老不假思索地说："我们希望中国政府修复山西交城石壁山佛教净土宗祖庭玄中寺。日本净土宗有3000多万信众，所有信众都关心和向往心目中的圣地——玄中寺。我们净土宗3000万信众都反对日本复活军国主义，衷心希望中日两国永久和平，中日两国人民永远友好。"

不久，菅原长老又致函周恩来总理，详细阐述玄中寺在中日佛教交流史上的重要地位，以及目前的状况，表达日本佛教净土宗3000万信徒渴望祖庭早日得到修复的共同愿望。

回国前，周总理让廖承志同志转告菅原惠庆长老，中国政府和中国佛教协会已经决定拨款修复玄中寺。菅原长老听后十分高兴。后来，在他写的《玄中寺与昙鸾大师》一书中说："虽然当时中日两国尚未恢复邦交。但作为社会主义新中国的领导人，已表明修复玄中寺的意向，这使日本佛教界受到极大鼓舞。……（我）还把这一喜讯马上报告给日本文部大臣（文部省相当中国的教育部，文部大臣相当于中国的教育部长），报告了全日本佛教协会及日本净土宗大本山知恩院等。听到这一消息他们都十分高兴，还向中国政府和中国佛教协会发去感谢信。"

1955年8月初，赵朴初随同刘宁一为团长的中国代表团出
访日本，出席在日本召开的禁止原子弹、氢弹大会，顺便参访
了东京枣寺，受到菅原惠庆长老的热情款待。菅原惠庆长老早
就知道赵朴初是著名的书法家和诗人，于是拿来纸笔，请赵朴
初在纪念册上题词。赵朴初思索片刻挥笔写下：

念佛法门，

玄中一脉；

东土西方，

微尘不隔。

"玄中一脉"意为枣寺与玄中寺是一脉相承的。

赵朴初全面负责玄中寺的具体修复工作，他加紧与有关方面
沟通、协调。工程上马后，进度很快。到1956年夏天，主体工程
竣工后，赵朴初把玄中寺焕然一新的佛殿照片寄给菅原长老。菅
原长老和日本净土宗佛教四众非常高兴。为表达谢意，他们让日
本的东西本愿寺和知恩院分别聘请日本一流画家精心绘制了净土
宗昙鸾、道绰、善导三位祖师像，准备献给玄中寺。

中国佛教协会出版的会刊《现代佛学》1957年七月号以
《日本佛教界赠送我国贵重佛教法物》为题发表了一则短消
息。全文如下："本刊讯：由日本日华亲善昙鸾大师奉赞会会
长菅原惠庆法师发起，赠送我国山西交城玄中寺的昙鸾、道绰
和善导三大师画像三幅，已由日本第七次中国殉难烈士遗骨护
送团带来中国，并由该团副团长大河内隆弘法师等于5月

16日在北京广济寺交由中国佛教协会暂时保管，待本年9月日本佛教访华代表团来我国访问玄中寺时，再正式举行赠送仪式"。

1957年秋天，玄中寺修复全部竣工，正值全日本佛教会会长高阶陇仙为团长、菅原惠庆长老为副团长的"日本佛教访华亲善团"来华访问。9月25日，代表团一行16人由赵朴初陪同来到玄中寺。日本佛教界客人和中国佛教四众共同举办了庆祝玄中寺古刹重兴法会，同时为菅原长老所献昙鸾、道绰、善导三位大师绘像开光。

在法会结束时，赵朴初将一尊宋代的阿弥陀佛造像作为礼物赠送给代表团；菅原惠庆长老将一个枣木禅杖赠与玄中寺方丈象离法师。该禅杖是菅原惠庆长老让人用源于玄中寺而在枣寺生长的枣树枝精心制作的，顶端刻有佛头像，上面刻有"日中一心，万善同归"八个字，表达了中日两国佛教徒和两国人民世代友好的心愿。至今这一禅杖仍然供奉在玄中寺祖师殿内。

玄中复兴，殿宇再现，净土重开，这是中日两国佛教徒的一大喜事。法会后赵朴初领客人在寺内参观，到天王殿内，看到那手携布袋满脸慈容的弥勒菩萨仿佛笑得格外开心。菅原长老似有所悟，带有感激和赞扬风趣地说："赵朴初会长也跟大菩萨一样，'任凭贫富贤愚辈，总是哈哈一笑大度中'。"在场者都哈哈大笑起来。

10月1日，日本代表团一行回到北京，被请上观礼台参加了国庆观礼，受到毛主席和周总理的亲切接见。毛主席同他们一一握手致意。

1977年玄中寺法师们前往日本枣寺访问，临行前请赵朴初写个条幅作为礼物送给枣寺。赵朴初又写了"玄中一脉"四个大字。

1978年，菅原惠庆长老得了一场病，行走不便，为了中日友好大业，他以坚韧不拔的毅力拖着病躯创办了一本新杂志，起名为《玄中一脉》。赵朴初听说后，被菅原长老这种"难行能行"的献身精神深深感动，专为该杂志新年号题词。辞曰：

玄中隔岸频伽鸟，

和雅音声遍大千。

善愿回波通一岸，

好花映日入新年。

1979年，赵朴初访问日本，见到菅原惠庆长老格外高兴，以诗相赠：

一

樱花时节又逢君，

一笑如同骨肉亲；

枣寺玄中尘不隔，

祝翁杖履四时春。

二

吾爱菅原老，

年高道亦尊。

玄中承一脉，

白日证同心。

三

枣寺传芳讯，

灵岩记胜因。

新诗颂新岁，

大振海潮音。

日本净土宗广大信众，视中国为第二故乡，视玄中寺为心目中最向往之地，所以每年来朝拜者络绎不绝。菅原惠庆长老夫妇把二人脱落的牙齿各一枚，埋在玄中寺祖师堂前的枣树下，以此表达对祖庭的崇敬、依恋、身心与祖庭"俱会一处"的虔诚心念。赵朴初被菅原长老夫妇的精神所感动，特为此写了一首词和《玄中寺双齿铭》的诗。

采桑子

菅原惠庆长老致力中日人民友好事业，难行能行，久而益笃。一九六四年夏，携敏子夫人来礼交城石壁山玄中寺，以其落齿各一埋于祖师堂前。感其情意甚挚，爰作此词，以志殊胜。

亿年石壁千年寺，佳话新添。树荫花环，双齿三生共一函。　分身此土情何极？片石诚坚，沧海能填，子子孙孙无尽缘。

玄中双齿铭

亿年石壁千年寺，

树荫花环一双齿。

谁其藏之菅原氏，

翁兮姬兮两间士。

浮天沧海轻万里，

东礼祖庭敦友谊。

……

两帮人民手足比，

千秋万代相依倚。

共为众生增福祉，

人间净土看兴起。

玄中佳话传青史，

和风华雨无时已。

为让自己的子孙记住中日两国佛教、两国人民要世世代代友好下去，菅原长老分别用玄中寺三个字给自己的两个孙女和一个孙子起名。两个孙女叫玄子和忠子，一个孙子叫侍。充分表达出老人对玄中寺、对中国佛教和中国人民的深情厚谊。

为感谢菅原长老对中日友好作出的贡献，1979年，全国人大常委会副委员长邓颖超访日时，由赵朴初陪同专门到枣寺看望这位中国人民的老朋友，当面对他致以谢意。这使老人受到极大鼓舞，他向邓副委员长当面表示，一定为中日两国佛教和两国人民的友好贡献余生。

1982年2月20日下午6时，为中日两国佛教和两国人民世代友好生命不息，精进不懈的菅原惠庆长老因心肌梗塞在东京圆寂，享年87岁。噩耗传来，中国佛教徒为失去一位风雨同舟的老朋友感到无比悲痛。

2月22日，中国佛教协会会长赵朴初打电报给日中友好宗教恳话会及长老遗属，敬致吊唁和深切哀悼！

3月10日，中国佛教协会在北京广济寺大雄宝殿举行追悼法会，沉重悼念菅原惠庆长老。

大殿的庑檐下悬挂着写有"日中友好宗教者恳话会名誉会长菅原惠庆长老追悼法会"24个醒目大字横幅，寄托着中国佛教徒对菅原长老深切的哀思！殿内供桌上鲜花罗列，灯烛交辉，菅原长老的遗像和莲位安奉在佛像莲座的前面，显得分外庄严肃穆。

中国佛教协会会长赵朴初参加追悼会并在遗像前上香致敬。在法会开始时他讲话说，菅原惠庆长老是中国人民的老朋友。新中国成立30多年来，他始终不渝地致力于发展中日友好

菅原惠庆长老于1983年2月20日逝世，生前留下遗言，望能将他的骨灰安放于玄中寺

165

事业。自1953年至1964年间，他曾九次将战争期间在日本死去的中国人的遗骨送还中国，他还多次率团来访，同中国人民和佛教徒结下了深厚的友情，为实现中日邦交正常化作出了积极的贡献！

赵朴初强调指出，"'饮水不忘挖井人'是我国民间追怀先德的一句名谚。日本佛教界为促进中日友好作出过贡献的，除菅原长老之外，还有大谷莹润长老、西川景文长老等，他们也都先后去世了。在纪念菅原长老的时候，我们同时也纪念大谷、西川等长老。我们欣慰地看到，在上述各位长老圆寂后，两国上一代人开创的中日友好事业，不论是在中国还是在日本，都后继有人，友谊之花将会越开越盛……"

赵朴初讲话后，参加法会的四众弟子齐声念诵《阿弥陀经》，称扬佛号，虔诚祝愿菅原惠庆长老莲登上品，中日友谊万古常新。

菅原长老毕生阐扬昙鸾、道绰、善导三位大师所倡导的净土教义，并多次组织佛教代表团参礼祖庭。玄中寺僧众24日起在寺内启建念佛法会三日，以斯功德回向长老高登莲位。

生前，长老有一愿望，即将自己的骨灰分出一部分安置在玄中寺。在他写给儿子菅原均的遗嘱中有"造庵于玄津桥畔，永为玄中寺守门人"的句子。

为满足长老生前的愿望，赵朴初取得了中国政府有关部门和山西省佛协的支持，在玄中寺东面的山坡上修建了一座墓塔。修建墓塔的石材是采自中国四大佛教名山——五台山的特质青石，质坚色润，美观大方。赵朴初亲自书写了"日本国菅原长老之塔"。

　　3月13日，赵朴初前往日本接受传到功劳奖和佛教大学名誉博士学位。启程前他对中国新闻社记者说："我们佛教徒是很尊重时节因缘的。我这次正好是在中日邦交正常化十周年之际访问日本，感到很高兴。可惜，一个多月以前写信敦促我访日，希望与我见上最后一面的一位老朋友——日中友好宗教者恳话会名誉会长菅原惠庆长老，竟于2月20日迁化了。相交多年的老朋友未能见上最后一面，这使我感到十分遗憾和悲悼。我相信，这位为日中友好事业奋斗了几十年的老朋友，他在极乐国土的莲花池中，看到两国佛教友好往来日益密切和频繁一定会感到欣然的。"一往深情，溢于言表。

　　1983年3月31日，菅原惠庆长老之子菅原均夫妇、女儿央子女士、孙子菅原侍和部分枣寺信徒专门护送灵骨到山西，因墓塔尚未建成，赵朴初亲自陪同他们将骨灰暂时安放在玄中寺

1983年7月，赵朴初会长陪同日本净土真言宗大谷派代表和日本枣寺访华团参加玄中寺菅原惠庆长老灵骨塔落成仪式

往生堂内。

菅原钧一行由赵朴初亲自陪同从山西回到北京。4月2日，中国佛教协会举行宴会欢迎菅原钧先生。

宴会开始，赵朴初首先讲话，在简要回顾了他本人与菅原惠庆长老的最早和最后接触的因缘后，赵朴初说："这次菅原钧先生说：'把父亲的灵骨送来，不是送到异国，而是送回家'，这句话真正表达了长老的真情实意。"他祝愿说："玄中一脉，千秋万代，相承不断，将越来越放出灿烂的光辉。"

接着，菅原钧先生讲了话。他说："3月29日，我们7人到达北京时，虽然已是深夜，但是赵朴初先生、孙平化先生、顾锦心先生以及今晚在座的诸位先生仍不辞劳倦到机场迎接我们。特别是赵朴初先生，不顾年高多病，偕同夫人一起陪我们到玄中寺。对此，我们甚感不安，并致以深切的谢意。……实际上，中国是先父的第二故国，玄中寺是他心灵上永恒的故乡。……对我父亲来讲，过去那场可恶的战争使他终生都感到刻骨的痛心。在战火纷飞的1942年，他满怀对昙鸾大师的敬仰和要在大师尊前忏悔自己无力阻止日本军国主义侵华的愆尤心情，不顾生命安危，走过泥泞的道路，登上石壁山，参拜玄中寺。先父86岁的一生，是他以报恩和忏悔心情日夜祝愿日中两国永远友好的一生。……为了报答中国人民的友好情谊，我决心继承先父的遗志，为两国人民子子孙孙的友好事业而努力工作。今后，我要团结更多的朋友，聚集更大的力量，在促进两国人民友好的工作中迈出扎扎实实的步伐。"

同年7月，由大谷莹润之子大谷演慧和菅原惠庆的后人菅原均夫妇等人组成的日本佛教代表团一行来中国，由赵朴初会长亲自陪同在山西玄中寺举行了隆重的追悼会,将菅原惠庆长老的部分骨灰放在墓塔内,实现了老人"造庵于玄津桥畔,永为玄中寺守门人"的大愿。

为此,日本净土真宗大谷派宗务总长五辻实诚特给赵朴初会长写来亲笔信,表示衷心感谢。信件全文如下:

尊敬的赵朴初先生:

谨对国务院、中国红十字会、中日友好协会的各位先生表示谢意。此次我派运行寺(枣寺)前住将菅原惠庆的部分骨灰恭送到贵国玄中寺,特别是建立了由赵朴初先生亲笔挥毫题名的墓塔,这些事不仅使已故的菅原惠庆的家属深为感激,也使我派感到无上光荣。

回顾以往,在日本战败的极度混乱之中,大谷莹润、菅原惠庆二师作为日本净土真宗的信徒,出于对日中战争的惭愧和内疚,满怀日中两国永远和平的愿望,即开始着手收集和送还在日本国内牺牲的贵国殉难烈士遗骨。他们在当时极其恶劣的环境下冲破一切阻碍,完成了这一事业。接着他们又继续为日中友好事业的发展而努力,奠定了新的日中友好和两国佛教交流的基础,也为我们指明了今后与贵国永久友好交流的方向。

我们决心继承先德们的遗志,为使日中两国的友好关系牢不可破而努力前进。

已故菅原惠庆墓塔的建立,是对我们的极大激励,我们要把这一具有纪念意义的事业鲜明地写入宗史,流传给子子孙孙。

兹仅再次对赵朴初先生及广大的中国人民的隆情厚意表示

衷心地感谢。遥祝先生清安!

（日本）净土真宗大谷派宗务总长五辻实诚
一九八三年七月二十

1994年5月10日，晴空万里，掩映在交城石壁山翠绿丛中的玄中寺，彩绘一新，佛旗招展，鲜花盛开，迎来八方宾客，隆重举行佛教净土宗昙鸾、道绰、善导三祖师铜像开光法会。中国佛教协会会长赵朴初特派副会长周绍良代表他前来祝贺并讲话。

在悠扬的佛乐声中，开光法会由原山西省佛教协会会长根通法师主持；山西佛协代会长请佛法师致辞。来自日本、韩国、泰国、马来西亚、美国及港、澳、台地区，北京、天津、上海、江苏、广东、四川、陕西、五台山等地的2000多名高僧大德、佛门子弟参加了法会。

祖师殿内，昙鸾、道绰、善导三位祖师铜像面容慈祥，坐姿端正，沐浴在袅袅香烟之中，钟磬声声，中外净土信众合掌肃立，在轻声佛号中颂赞祖师的丰功伟绩。

当地媒体对法会盛况做了广泛报道。舆论一致认为，这对提高人们对佛教历史文化的认识和加深中日佛教界的友谊有着深远影响。

十四、和大西良庆长老的忘年之交

　　大西良庆长老，1875年12月生于日本奈良市，为日本佛教北法相宗管长、日本清水寺贯主、日中友好佛教协会名誉会长。早在1935年和1936年，他两度来华朝礼佛教圣地，学习中国文化，对中国人民怀有深厚的友好感情。新中国成立后，大西长老不畏艰险，挺身而出，为中日友好事业和两国关系正常化进行了坚持不懈的努力。他在不同场合曾多次表示"日本必须同中国友好"。为促进中日友好，反对复活日本军国主义，大西长老、大谷莹润长老等一批佛教界有识之士于1961年发起"中日不战之誓"的签名运动。80多岁的大西长老亲自手持签名簿到街头征求签名。1974年，日本佛教界为加强日中两国人民和佛教徒友好，联合组织成立了日中友好佛教协会，大西长老担任名誉会长。1975年，大西长老和京都地区22位知名人士联合发表要求缔结日中和平友好条约的呼吁书。他为维护和发展日中友好大业做了一系列铺路架桥的工作。在长期致力于中日两国佛教友好交流大业中，大西长老与中国佛教协会会长赵朴初彼此合作、互相支持、结下了深厚的佛缘，成为忘年之交、莫逆之交。

　　赵朴初对大西长老的为人及为法献身的精神一直怀有崇高的敬意，对他以"京都佛教徒会议"理事长的身份为中日两国佛教交流与和平事业所作的贡献更是十分钦佩。而大西长老最早是从一位新闻记者所写的报道中知道中国佛教领袖赵朴初大名的。该条新闻写道，中国代表团在饭店进餐时，每位团员都谈笑风生，边吃边谈，好不热闹。唯有一位中国绅士却姿态端庄，默默地享用着素食，这就是中国知名人士赵朴初先生。大西良庆看罢这篇新闻后，赵朴初的形象深深地印在了他的脑海里，并决心要结识这位"绅士"。

1960年8月，赵朴初到日本参加"世界禁止原子弹、氢弹大会"时，特意从中国带去《首楞严经》十卷，准备当面送给大西良庆长老。但当时两国尚未建交，赵朴初没能去京都，是托人转交的。

1961年7月，赵朴初到日本京都参加"世界宗教徒和平会议"，85岁的大西长老亲自到车站迎接，两人见面互有沐浴春风之感。7月25日，日本《每日新闻》以"我们终于相见了"作标题，刊登了赵朴初和大西长老在京都车站相会的大幅照片。赵朴初又专程到清水寺拜会大西良庆。长老以所绘团扇见赠，题句云："凭君清赏是仙家。"

1963年初，由赵朴初提议，中日两国佛教界共同举办"鉴真大师圆寂1200周年纪念活动"，大西良庆长老积极响应，并发表了《日本佛教与日本文化的恩人》一文，阐述了日本佛教、日本文化与中国佛教、中国文化的渊源关系。在此同时，广东省肇庆市庆云寺隆重举行了荣睿法师纪念碑揭幕仪式。荣睿法师是日本奈良时代法相宗兴福寺高僧。公元733年，他和法友普照法师随遣唐使来中国，恭请鉴真大师同船赴日，但在海上遇到风暴，被吹回广东，并于公元749年圆寂于此。大西长老作为法相宗管长早就希望为荣睿法师在广东立一通纪念碑。在荣睿法师圆寂1200多年后的今天，大西长老的愿望成真，他特意绕道香港来广东参加纪念碑的揭幕仪式。赵朴初热情地接待了大西长老一行，使长老深受感动，特别是赵朴初题写的"荣睿大师纪念碑"几个字给他留下极深的印象。他对身边人说："赵朴老不但是一位绅士，还是一位佛爷，我要永远和他结缘。"

1963年9月，日本佛教界组织了"鉴真和尚庆赞访华代表团"，作为顾问的大西长老随团来华，赵朴初接待并陪同出席了9月30日晚周恩来总理主持的国庆招待会，10月1日还出席了天安门广场的国庆观礼。

同年10月17日，代表数千万佛教徒的亚洲十一个国家和地区的佛教代表会议在北京法源寺举行，大西长老出席了大会。在周恩来总理同各国代表团长座谈时，大西良庆对总理说："很高兴听到总理的讲话，我们的力量很有限，希望在加强各国佛教界友好往来方面，中国拿出更大的力量，你们中国有个赵朴初先生，他好像是位佛爷，我们认为由中国负责亚洲佛教徒的联络工作最合适。"周总理听后微笑着回答："谢谢，道义的力量绝不是微小的。朋友们希望我们多做点工作，我们应该多做一点，主要还是靠大家共同努力，赵朴初居士可以为大家服务，作个小沙弥。"总理风趣的话，说得大家都笑了起来，而坐在一旁的赵朴初听后不住谦虚地频频点头。在亚洲各国佛教领袖都在的庄严场合，大西良庆长老提出赵朴初好像一位佛爷并要中国担当各国佛教徒的联络中心，表明赵朴初在亚洲佛教界的崇高声誉和巨大影响。

1978年4月，中国佛教协会友好访问团访问大西良庆长老所在寺院、日本北法相宗大本山京都清水寺

十年"文革"，大西长老一直没有赵朴初的消息，他十分焦虑地多次打电话询问，还派专人来中国打听赵朴初的情况。当得知赵朴初安然无恙后，他手舞足蹈地连说："太好了！太好了！这回我就放心了。中日佛教都不能缺了赵佛爷！"

1973年，大西良庆长老99岁，日本人谓之"白寿"，增一岁为百也。赵朴初以诗相贺：

贺大西良庆长老白寿

清赏仙家清水院，珍贵深情忆团扇。

九十九岁犹华年，烂漫春光三月半。

精禽衔石海成桑，兄弟怡怡乐两邦。

好为和平常住世，平风平浪太平洋。

1978年4月，应日本"日中友好宗教者恳话会""日中友好佛教协会"的邀请，赵朴初率中国佛教代表团访问日本。听说赵朴初要来，104岁的大西长老特别高兴，并决定亲自到京都车站迎接。

4月18日下午3时，赵朴初一行到达京都车站时，以百岁老人大西良庆为首的日本诸宗各派的管长、总务总长等40多人到车站恭候，热烈欢迎赵朴初一行。赵朴初走出车厢，大西长老迎上前去，两位老人分别十五年后再相逢都激动不已，热泪盈眶。大西长老拉着赵朴初的双手，凝视良久才开口说："好久不见了，十五年来我天天都期待您，现在重逢的一天终于到来了。"赵朴初也为这位年过百岁的老人来车站迎接非常感动。

在开往饭店的巴士上，赵朴初看到京都市古朴而整洁的街道，街道上到处是鲜花绿草和浓荫。陪同人员告知，京都有寺庙、古刹三千余座，每座都得到很好的保护，他用诗的语言称赞道："堪称此邦不忘本，保护文物到无形。"

第二天，代表团拜访了清水寺，宾主进行了热情而友好的谈话。大西长老看着赵朴初深情地说："我们有句话叫'一人一切人，一切人一人。'赵朴初先生可以说是一个身系亚洲人民幸福的人，我们一定和先生一道，进一步推进友好事业。"赵朴初也很有感慨地说："大西长老既是我的师长，又像我的慈父。中国有个词叫'人瑞'，长老则可称作日本的国宝。"
在欢迎仪式上，百岁长老朗诵了他自己为欢迎代表团特意写的诗歌，赵朴初亦以诗答谢：

次韵奉和三章

十四年来各一天，重逢几见海成田。

争看百岁文章健，喜证多生福慧全。

杂花如雨散诸天，彩笔成霞拂砚田。

愧我垢衣初未解，乞公转语为成全。

由来风月是同天，绿绕青回水护田。

度尽劫波兄弟在，同行同愿万般全。

26日早晨，代表团即将离开京都，大西长老坐着轮椅车赶到饭店送行，与赵朴初两人相视而坐，默默不语。大西长老把赵朴初的手拉到自己的膝盖上久久不愿松开，代表团要出发时，大西长老才开口说："真舍不得你走啊！真舍不得你走啊！我们一定要再相见！我留着有限的岁月等待着您，中日两国佛教界的友好，不仅有利于两国人民，也有利于世界。"赵朴初眼含热泪慢慢地将这位他最崇敬的日本佛教界第一大长老扶上轮椅车，两眼湿润，最后一个登上送行的巴士。

代表团当晚抵达大阪。翌日清晨，京都清水寺的通兴法师赶到代表团下榻的饭店，将大西长老亲笔写的一首惜别诗交到赵朴初团长的手上。诗曰：

春雨如烟惜别情，停车默默仰清容。

待归山水谁知识，再会必期为老生。

赵朴初亦写《奉和大西长老惜别诗二章》让来人带回。诗曰：

迎送亲劳百岁人，奔潮万感一时生。

片言自足千秋意，春雨如烟惜别情。

春雨如烟惜别情，两邦兄弟此心声。

与共珍重他年约，一笑樱花满洛城。

1979年4月，赵朴初陪同全国人大常委会副委员长邓颖超访日，去京都岚山，为周恩来总理诗碑揭幕。4月16日，他抽时间前往清水寺看望105岁的大西良庆长老。

1981年元旦前夕，大西长老寄来祝贺新年诗作。赵朴初展读后，不禁回忆起与大西良庆长老相聚虽然短暂但令人难以忘怀的温馨时刻，一首答诗油然而生：

奉和大西良庆长老新年之作

耿耿心光法界通，

众生无尽愿无穷。

欢腾两岸瞻人瑞，

春海春山寿此翁。

1981年1月

同年10月12日，赵朴初想到自己尊敬的大西长老将满107岁，写汉俳二首表示庆贺：

汉俳二首

敬祝大西良庆大长老茶寿之庆

烂漫四时花，

奉献卢仝七碗茶。

清赏是仙家。①

春色又秋光，

清水禅房日月长。

佛寿自无量。

原注：①二十余年前，长老赠余画扇题有"凭君清赏是仙家"之句。

1982年3月20日，赵朴初率团访日，他同夫人陈邦织到清水寺拜访了108岁的大西良庆。在招待宴会上，大西长老讲话中三次言及见到赵朴初的喜悦心情。就餐中，他一直饱含深情地注视着赵朴初，那亲切的目光，透露出一种难以言表的关爱。后来赵朴初每当忆及此事，总是百感交集，热泪盈眶，因为这是他与大西长老的最后一面。

东方的茶人，往往把108岁称作"茶寿"，因为汉字里"茶"的偏旁部首拆解开来为"廿"（二十之意）和"八十八"，二者相加恰为108。宴会后，大西长老以茶待客，并赠赵朴初木制茶盘一个，作为"茶寿"留念。上面刻有长老手书"一"字，及禅语"吃茶去"，赵朴初深受感动特献汉俳五首致贺：

汉俳五首

参礼清水寺，赋呈大西良庆长老。长老时年一百有八岁，日人以百〇八岁为茶寿。

山花特地红，
三年不见见犹龙。
华藏喜重逢。

茶话又欣同，
深感多情百岁翁。
一席坐春风。

笑语爱神清，
念念关心天下平。
世世弟兄情。

惠我以汤盘，
历历孤明一字禅。
将心与汝安。

发心清水台，

讲堂户牖待翁开①。

听法我当来。

1982年3月20日

原注：①清水寺将建大讲堂，期三年建成。《楞严经》："如来讲堂，户牖开豁。"

五首汉俳中，三首写到茶。此次相会，主人设茶宴，赠茶盘；客人贺茶诗，祝"茶"寿，二者相得益彰。无疑，这真称得上中日间佛教文化、茶文化交流史上浓墨重彩的一页。

交谈中，大西长老指着门前的竹影请赵朴初以此为题出一上联。赵朴初略加思索便说出一句饱含禅意的上联"竹影扫阶尘不动"，大西长老思忖良久对出同样只有高深的文学素养和佛学素养的人才能对出的下联"月穿潭底水无痕"。二人拊掌相视而笑。

代表团即将离开京都，108岁的大西长老因病已三年未出家门，但他坚持坐轮椅车来宾馆送行，对长老的盛情赵朴初以诗作答：

汉俳二首

将离京都赴鹿儿岛，大西长老亲至旅馆送行。

山海两邦情，

为我三年一出门。

离恨有难胜。

潮音往复迴，

嘱我三年一定来。

此约重崔嵬。

1982年3月24日

不期，1983年2日15日拂晓，日本北法相宗管长、日中友好佛教会名誉会长大西良庆大长老因患脑溢血在日本京都安详舍报，享年108岁。中国佛教协会名誉会长班禅额尔多尼·确吉坚赞、会长赵朴初分别发唁电给日本北法相宗宗务总长松本大圆法师，表示深切哀悼。

赵朴初的唁电是：

1983年3月11日，中国佛教协会在北京广济寺举行追悼大西良庆长老法会

松本大圆法师：

惊悉日中友好佛教会名誉会长、日本北法相宗管长大西良庆大长老圆寂，人天眼灭，般若舟沉，噩耗传来，无任痛悼。

大西长老智海宏深，彻悟三空之理；悲怀无尽，广施六度之行。数十年来，播圆音于上国，永式嘉谟；敦友谊于两邦，长留德泽。今者功成果满，上升兜率。伏乞不舍众生，乘愿再来。仅此电唁。并向长老亲属敬致慰问，尚希节哀！

中国佛教协会会长赵朴初

1983年2月17日

3月11日上午，中国佛教协会在北京广济寺大雄宝殿隆重举行"日本佛教北法相宗管长、日中友好佛教会名誉会长大西良庆长老追悼法会"，深切哀悼对日本佛教和中日友好作出过重大贡献，受到两国佛教徒和人民崇敬与怀念的一代宗师——大西良庆长老。追悼会由班禅大师主持并向大西长老的遗像敬献了哈达。赵朴初在追悼法会上讲话。他首先介绍了大西长老的生平事迹，追述了他本人20多年来在促进中日友好的共同事业中与长老结成的深厚师友之情，然后高度评价了长老为促进中日佛教和中日人民的友好事业作出的重大贡献。讲话最后说："诸法因缘生，诸法因缘灭。长老一期化尽，示现涅槃。若就长老的本地风光而言，仍是无欠无余，不来不去的。但是从俗谛来说，长老毕竟离开我们了！长老的圆寂，是日本佛教事业的一大损失，也是中日友好事业的一大损失，使中日两国佛教徒和人民深感悲痛！我们深深感到，只有继承和发扬长老为中日友好而忘我献身的精神，把中日友好的大旗高高举起，才是对长老最恰当的追思和悼念……我们虔诚祝愿大西长老不住涅槃，现身尘刹，普度一切众生。"

3月17日，以中国佛教协会常务理事、江苏省佛教协会副会长明学法师为团长的中国佛协代表团一行五人，代表赵朴初会长在日本京都清水寺参加了大西良庆长老的安葬仪式。

葬仪开始，宣读了中国佛教协会会长赵朴初的唁电，接着是本国总理大臣中曾根弘康、前总理大臣福田赳夫的唁电。然后举行佛教仪式，由曹洞宗大本山永平寺贯首秦慧玉主法，天台座主山田惠谛等致悼辞。

在安葬仪式上，中国佛教协会代表团团长明学法师代表中国佛教协会和赵朴初会长敬献书面悼辞。悼辞说："长老生前，对中国人民和中国佛教徒怀有深厚的感情，几十年来，为了维护和发展中日人民友好关系，不避艰险，无私无畏，进行了大量架桥铺路工作，成就了巨大功德。长老的逝世使日本佛教界失去了一位宗匠，使中国人民和佛教徒失去了一位亲密合作、受人尊敬的师友。中国佛教徒永远不能忘记他在中华人民共和国成立之初两国关系处在困难的局势下，挺身而出，发起日中不战之誓的签名运动，并以八十余岁高龄亲到街头征求签名的动人事迹；永远不能忘记他积极参加中日两国文化界、佛教界共同纪念鉴真大师圆寂一千二百周年，把中日友好运动推向高潮的卓越建树；永远不会忘记近年来他再接再厉、老而弥笃，为促进两国人民世代友好的崇高事业和我们携手合作的一系列情景。长老的一生，是为日本佛教的发扬光大而辛勤奋斗的一生，是为和平友好事业服务而精进不息的一生。"

参加葬仪的中日佛教界人士一致表示，一定继承长老遗志，为中日友好金桥的畅通，为世界和平事业的发展，为佛教法运的昌隆，勤奋不息地努力工作。

大西长老逝世后，日方来人告知，长老圆寂前九天曾为即将建成的清水寺大讲堂预出楹联之上联"光风千里来"，并嘱寺中人曰："另一句当由赵朴初居士续成之。"赵朴初听后十分感动，乃取佛经中"佛以一音演说法，众生随类悉得解"之意接下联云："妙法一音演"，以此赞颂长老弘法利生之功德。又拈一偈以致哀思。偈曰：

联句殷殷嘱托亲，
友师风义感平生。
不堪往事从头忆，
春雨如烟惜别情。

1985年，赵朴初访日，又到清水寺，见大西长老遗像，忆长老生前音容笑貌，百感交集，作汉俳三首：

清水寺礼大西长老像

清清清水台，
三年践约我今来。
高人安在哉。

对像似闻声，
举扇扬眉笑语亲。
忍泪忆前尘。

前尘不可寻，

月穿潭底水无痕。

长留万古情。

此时，由大西长老题上联"风光千里来"、赵朴初对下联"妙法一音演"的清水寺大讲堂早已竣工并修整一新。赵朴初睹物思人，思绪联翩，亦作汉俳两首：

清水寺讲堂（二首）

古貌蕴新奇，

幽洞明堂兼有之。

工巧出神思。

东西南北方，

千佛方方坐道场。

杰构世无双。

字里行间充满对大西长老的一往深情。

十五、忆往昔不忘历史　念先德世代友好

　　20世纪90年代，江泽民主席和日本天皇实现互访，标志着两国关系迈上了一个新的台阶。

　　1992年10月23日至28日，日本明仁天皇和皇后美智子访华。这是历史上日本天皇首次也是唯一一次踏上中国的土地。访问中他曾明确表示："在两国关系悠久的历史上曾经有过一段我国给中国人民带来深重苦难的不幸时期，我对此深感痛心。战争结束后，我国国民基于不再重演这种战争的深刻反省，下定决心，走和平国家的道路，开始了国家的复兴。"从这段话我们可明显看出明仁天皇承认日本那段对外侵略历史。

　　20世纪90年代中期是日本的多事之秋。美日经济虽然摩擦不断，但日美军事同盟却有进一步加强之势。在外力的干涉挤压之下，日本泡沫经济破裂，金融危机接踵而至，政局更是动荡不安，有人用三句话概括日本那时的国内形势：政治混乱、经济低迷、前景黯淡。

　　在对外侵略历史的认识上，日本朝野一直有"承认"与"否认"两大潮流。

　　1995年8月15日，村山首相鉴于国内外形势发表谈话说："在过去不太遥远的一个时期内，错误的国策使日本走上了战争道路……由于进行殖民统治和侵略，给许多国家，特别是亚

洲的各国人民造成了极大的损害和痛苦……我毫不怀疑地面对这一历史事实，并在此表示深刻的反省和由衷的歉意。"

这就是后来的日本右翼分子千方百计妄想加以否认的在历史认知问题上有名的村山谈话。

当年11月份召开的亚太经合组织大阪会议期间，村山首相还向江泽民主席再次表明，他的"8·15谈话"代表了大部分日本人民对历史的认识。

随着改革开放政策步子加快，各项事业的全面开展，中国和日本两国不同领域的合作与交流不断扩大，中日佛教团体互访的次数和人员持续增加。

1992年5月，以赵朴初为团长的中国佛教协会代表团应邀访日，出席奈良市药师寺"玄奘三藏院"匾额揭幕法会和在东京举行的"日中宗教者恳话会"成立25周年纪念活动，受到日本佛教四众的热烈欢迎。赵朴初在会上讲话，高度评价日本宗教界人士多年来为中日友好、恢复邦交正常化所作出的艰苦努力并满怀深情地缅怀已故老一辈日本友人大谷、菅原的同时，为日本宗教界从事两国友好事业后继有人而无限欣慰。他盛赞青年一代继承老一辈的崇高理想，为中日友好事业的发展作出了新的贡献。

当时的日本首相宫泽喜一会见了赵朴初，并进行了亲切友好的谈话。日本各大媒体也对赵朴初访日做了连续的跟踪报道。

1993年10月，赵朴初应日本佛教界邀请第十五次率团访日，参加纪念日中佛教友好交流暨庆祝中国佛教协会成立40周年大会。日本全日本佛教会会长、天台宗座主山田惠谛亲自下比睿山到京都车站迎接。赵朴初在会上回顾了从1952年始40年来两国佛教交流的往事，满怀深情地说："通过双方携手合作，我们紧紧扣住和平友好这一时代的主旋律，在增进了解、发展友谊、交流合作、维护世界和平等方面，谱写了一曲又一曲和平之歌、友谊之歌、佛法之歌。"

1995年8月15日，正值世界人民反法西斯战争和中国人民抗日战争胜利50周年。中国宗教界发表赵朴初亲自起草的《和平文告》，表达与世界人民一道共同维护世界和平的决心。中国佛教界举行和平法会和座谈会，联系佛教教义，表达中国佛教徒希望国家安定团结、繁荣富强，世界兵戈永息、永保持久和平的良好愿望。

1995年10月16日下午，中国佛教协会、中国佛学院及首都佛教四众弟子与日本佛教朋友访华团全体成员共300多人在广济寺举行忆念日本佛教友好先德法会，缅怀为中日佛教友好交流事业作出卓越贡献的日本佛教界先德

当年10月，中国佛教协会邀请以"日中友好宗教者恳话会"会长大谷武为团长的"日本佛教界朋友访华团"在北京举行"21世纪中日佛教友好交流展望座谈会"。

中国佛教协会的发言人说："21世纪将是人类自身建设的世纪，包括反对战争、维护和平、环境保护等等。而佛教中深邃的智慧和哲理，正好为人类建设提供了丰富的思想资粮。因此，日中两国佛教界的友好，对于21世纪人类自身建设与发展具有十分重要的意义。而中日两国佛教界的友好，是建立在日本佛教界先辈们对侵华战争深刻的忏悔基础之上开展起来的。因此，在未来21世纪中日佛教友好交流中，如何正确认识历史至关重要。遗憾的是，日本政界从战后到如今，一直有人歪曲历史，美化侵略战争。这是我们两国佛教徒所不愿看到的，也是我们共同反对的。纪念先德是为了不忘历史，其出发点和落脚点是中日两国人民世代友好。希望中日两国佛教徒发扬先德的顽强精神，共同努力，让更多的日本人民，特别是年轻一代认识历史的真相，绝不使历史的悲剧重演。为21世纪人类建设与发展作出新的贡献。"

日本佛教界朋友说："今天我们两国佛教界在这里进行亲如一家式的座谈是十分难得的。今年是二战结束50周年，使我们回想起许多往事。我们的长辈作为佛教徒，未能阻止日本政府发动侵略战争，违背了佛教的根本精神。当初如果全日本佛教徒坚决起来反对那场战争，那么那场侵略战争能否发动起来还很难说。我们的先辈们深刻反省到：作为佛陀的弟子，没有遵循佛陀的教导反对和防止那场侵略战争，这是他们感到深深悔恨的。"他们指出："今天日本的历史是日本政府编造出来的，是被美化和被歪曲了的历史。许多青年人不了解日本侵略历史的真相，其次，在未来的21世纪，要坚持日中两国佛教和人民友好，就必须正视历史，将历史真相告诉日本人民。"有的代表团成员还具体说道："我们要通过佛教办的幼儿园、学校等，向少年儿童说明历史真相，让子孙万代以先德为楷模，为日中两国人民世世代代友好下去奋斗不息。"

中日佛教界朋友一致认为："纪念先德，不忘历史，世世代代友好下去"是下一世纪两国佛教界友好的基础和主题。遵循这个基础和主题，加深两国佛教界人士的感情，共同为两国的"友好、和平、合作"的目标而努力，具有无限广阔的前景。中日两国佛教界一致相信，共同携起手来，扩大交流与合作，21世纪中日两国佛教友好交流一定能写出更加灿烂的篇章。

日本代表团团长大谷武是当年积极从事日中友好的佛教界先辈大谷莹润之子，团员菅原均是菅原惠庆之子，团员大西真兴是大西良庆之子，团员笠原良子是道端良秀之女……该代表团11名成员基本囊括了从事日中佛教友好交流事业先辈主要大德的后人。

中日两国佛教界有两代之交的朋友们聚会，各个都充满发自内心的深情厚谊。两国朋友共同回顾了以往两代人从事中日友好事业所走过的不平坦道路，一致表示今后将为两国世代友好奋斗不止。

10月16日，中国佛教界举办"忆念日本佛教先德法会"。赵朴初发表讲话说："我们今天这个法会，以'忆念先德'为名，并不仅仅是单纯追忆和纪念先德们的功德事迹，而是要通过缅怀先德以达到勿忘历史、促进中日两国世代友好的宗旨。在这一点上，我们和日本朋友有着高度的共识……现在，先德们虽已陆续圆寂，但是他们未竟的事业后继有人，在日本，在中国，佛教界的一代新人正在以扎扎实实的工作，将这项事业努力向前推进，这是堪以告慰先德的……我希望中日两国佛教界继承先德遗愿，进一步携手合作，发大誓愿，精进不已，为中日两国世世代代友好下去作出更大的贡献！"

10月17日，中日两国佛教界在北京国际饭店以"21世纪中日佛教友好交流展望"为主题召开座谈会。赵朴初在座谈时说："历史的经验值得注意。今天我们生活的这个世界，战争的威胁远未消失，而导致战争和冲突的根源更是根深蒂固，法

1995年10月17日，中国佛教协会与日本佛教朋友访华团在北京国际饭店举行展望二十一世纪中日佛教友好交流座谈会

西斯主义、军国主义的阴影依然存在，美化甚至否认侵略战争的各种言行时有所闻，这种状况令人深感忧愤！为什么在五六十年代，日本佛教长老们一定要立下'日中不战之誓'？为什么时至90年代，日本政界有那么一些人在反省侵略战争方面，远远不如佛教的长老们？因果可畏，值得深思！"。

几天后，在中国佛教协会欢迎日宗恳友好访华团的宴会上赵朴初发表演讲："中日两国之间和平友好局面真是来之不易，历史的经验值得我们共同牢牢记取。在中国佛协送给各位的纪念品中，有一帧照片想已引起各位贵宾的兴趣，这就是那张'日中不战之誓签名簿'照片。作为珍贵的实物见证，这一册签名簿上凝结着日本佛教界老一辈人士的心血……30年过去了，今天，在这个庄严的聚会上，我把当年这一册由我亲手接受下来的签名簿，用纪念照片的形式'交还'各位贵宾，也正是想和各位，和日本佛教界所有朋友共同来思考，为什么先德们一定要立下'日中不战之誓'？我们怎样才能确保历史的悲剧不再重演、中日两国世世代代友好下去呢？我想，纪念先德，勿忘历史，就是我们这次聚会的特殊意义所在，也是我们今后长期友好下去的重要保证。"

访华团团长大谷武致辞说："岁月如梭，光阴似箭。我们迎来了第二次世界大战结束50周年。想当年，在战后不久的困苦年代里，先父大谷莹润，与我同行的各位团员的父辈大德以及自始至终积极从事日中友好运动，如今仍在领导年轻人投身到这一运动的三浦赖子先生，继承父辈大德遗愿的各位团员，顶住了来自国内外的各种压力，以忘我的精神为中日两国邦交正常化和促进友好事业作出应尽的努力。……众所周知，我国文化与中国有着不可割断的血缘关系，应该说：中国就是日本文化的故乡。历史发展到近代之后，由于我国采取了富国强兵政策，终于导致了玷污中日两国悠久友好历史的事件的发生，悲惨结局无法用语言来表述，实在是令人痛心疾首……今天（赵朴初）先生把我们作为老朋友和一家人，为我们举行如此盛大的欢迎宴会，在迈向21世纪进程中，为巩固日中两国不可动摇的两国关系，他赐言予以勉励与期望，由此我们深刻领会了先生之厚望。我们决心一定要继承为日中友好而贡献终身的先辈们的遗志，并把它传到子孙万代。"

在华期间，代表团成员、日本从事日中友好事业佛教老一代高僧大德的后代接受了集体采访，分别回答了中日广大佛教徒和两国人民共同关心的问题，现抄录如下：

记者：大谷武先生，请问，您对中日佛教交流现状有什么基本看法？

大谷武（大谷莹润之子）：回顾近五十年来中日佛教交流的历史，我相信，现在我们正在迎来一个全新的美好时代，两国佛教界乃至两国各方面的友好关系都会取得进一步的发展。但这是就整体的发展前景而言，事实上现在我们面临着一个非常重要的问题是，日本战后出生的年轻人，他们对于中日两国关系的历史不了解，不清楚日本侵略中国这一史实，更不知道对中国人民所蒙受的那场战争灾难，日本负有不可推卸的责任。在这方面，日本政府和日本的教育者是存在很多问题的。你们知道，文部大臣和其他政府阁员经常发表一些很不合适的言论。在这种时候，日本佛教徒经常挺身而出，提出抗议。这种情况，时常让我想起我们最尊敬的赵朴初先生所教诲的话：要牢记历史的经验教训，要正确地表述历史并如实地传达给后来者。我认为，教育日本年轻人正确认识历史，认真反省战争危害，这是我们进一步发展中日友好首先要解决的问题，我们日本佛教界对此义不容辞。

记者：您的父亲大谷莹润长老是日本佛教界真宗派一位领袖，是著名的老一辈日中友好人士，请介绍一下他在日中友好方面的贡献。

大谷武：我父亲的一生都在为推动日中友好而努力，这方面的事迹很多。在这里，我想简单介绍一下。我父亲原来是日本执政党自民党党员，有影响的参议员。1960年6月9日，为反对日美新"安全条约"——这违反了日本宪法第九条关于日本放弃战争的规定，他宣布退出自民党，表示自己的强烈义愤。他当时说过："日本政治家有责任给后代提供一切可能的措施，使他们可以不再遭受战争的危险。"对于非正义战争的反省，是我父亲毅然作出这一重大举动的思想根源。

记者：是的，当时赵朴初会长还为此发表了《寄大谷莹润长老》，以表支持和敬意。那么，能谈谈您在继承先德遗志，继续从事日中友好方面的工作吗？

大谷武：我的工作主要是做人的交流……我认为回顾过去是重要的，但展望未来同样重要。前面我说过，我们将迎来崭新的21世纪，中日两国间必将全面地更深入地发展交流，在经济领域和精神领域都是如此，其中，精神上的沟通和彼此友好是最重要的。如果日中之间不能达到真正沟通与友好，那么，世界就不可能和平。为了实现两国间的真正、长久的友好，我们必须从现在起扎扎实实工作，付出最大的努力。我愿意把上面这段话，通过贵刊转达给中国佛教界广大读者，与他们共勉。

菅原钧（菅原惠庆之子）：今年6月，经我提议，在我们大谷派议会上通过了"日中不战之誓"，这个宣誓当然不仅限于一个宗派，而是面向整个日本佛教界，面向世界发出的庄严誓言。我还一直主张，光是停留在口头上"宣誓"是远远不够的，要让事实来说话。明年我们要组织一个以青年人为主的代表团，来中国专门去参观卢沟桥和南京等地，现场了解那场可耻的侵略战争，正确认识历史。

……对日本来说，中国是一个特殊的国家。在文化上对日本有恩。这个恩有多大？日本对中国都做了些什么？哪些做法是对的哪些是错误的？报恩怎么报法？要做好这些历史反思，一个最好的办法就是来到中国实地了解和体会。这当然和去夏威夷海滩观光完全不同了……

记者：您对日中友好事业的诚挚感情令人感佩。

菅原钧：谢谢。我想，这种"友好"不是觥筹交错的"干杯"之声，而是心与心的交流，是深入肌肤的亲切感。现在大家常提"友好"，是因为还存在不友好、反对友好的一面。我们努力目标是实现真正的全面的友好，直至再不需要将"友好"挂在嘴上为止。因为日中之间文化上情同父子，父子之间奢谈什么"友好"呢？我的儿子在中国四川大学学习了好几年，对中国文化很有感情，我们父子间时或有口角、分歧，但在这一点上总是心心相通的。为了早日实现日中全面友好，让我们大家都时时培养敬佛爱佛之心吧，人只有心平气和了，才能爱别人，爱国家，爱人类和平。

大西真兴（京都清水寺执行长、日中友好协会事务局长）：
我母亲是日中友好事业的一位见证人。我是大西家族继承人，日中友好事业是我们生活中的重要内容，20世纪70年代邓小平先生访日，曾亲临清水寺参观访问，给我们留下很深印象。作为日本佛教界比较年轻的一员，我对中国佛教界同龄人的寄语是，希望增进彼此了解尤其渴望中国同仁们进一步增强对我们的了解。现在两国间来往的人是越来越多，但这并不意味着彼此就完全了解，无话不谈了，隔阂并没有完全清除。以往日本佛教界老一辈大德们健在，是实现沟通的主要桥梁，现在他们都老了，或去世了，目前两国佛教友好事业正处在新老交替、向新生代过渡的关键时期。我特别注意到赵朴老关于要加紧培养青年人的思想，高瞻远瞩，很英明。两国年轻一代怎样展望未来，继承好前人未竟的事业？我认为一个关键，就是要大力加强了解，建立相互信赖的关系，然后才谈得上互相帮助支持，共同做好今后的友好交流工作。

三浦赖子（日中友好协会交流部部长）： 1953年在中国政府的特别关照下，我和日本许多在华家属一起从上海回到了日本。临行前，赵朴初先生对我们寄予厚望，希望我们认真反省战争危害致力和平友好。回国后，我第一件事就是上门拜访日中友协，加入到这个队伍之中。现在，一晃40多年过去了，我深切地感到，什么叫世世代代友好？没别的，就是扎扎实实做工作，一刻也不松懈地去做！目前，向日中两国青年正确地讲授历史，让他们认清历史的经验教训恐怕是日中友好事业的最大课题。赵朴老当年在上海握手送别我们这些人时说，希望两国朋友"再次握手时，手是干净的"。这在没有经历过战争的青年人那里，就不大容易体会到了。各位的发言，更加深了我对这个问题的认识，回国后我一定要向日中友协领导人汇报，还要在日中友协总部大会上宣讲，把教育青年一代的工作，作为日中友协最大的课题来做。

笠原良子（道端良秀先生之女）：我父亲对我影响很大，他直到临终之时还在告诫我：做人要有一颗慈悲心。实际上他一生都在努力像菩萨那样待人处世，他总是说，人类都是兄弟，没有理由不友好相处……我是从事佛教幼儿园工作的，培养孩子的慈悲心，教他们从小就爱人类、爱自然、爱和平，对我来说，就是为下一代中日友好所做工作的一个重要内容。

日本佛教代表团团员们在会上会下同中国朋友、同媒体记者畅所欲言、直抒胸臆，缅怀先德致力中日友好事迹，展望未来为新世纪中日友好关系的新发展献计献策，在许多重大问题上取得共识。赵朴初会长的一席话为这次活动作出精辟的总结。他说"此刻，20世纪暮霞满天，21世纪晨曦在望，回顾过去，展望未来，中日佛教友好关系的发展，为我们通向中日友好、世界和平铺就了一条现实的道路。但是中日两国佛教界先德们还仅仅为我们肇其开端，这条道路还要在我们大家的手上继续开辟下去。新的时代，向我们提出了挑战，也为我们提供了比前人多得多的机缘，让我们踏着先人的足迹，继承和光大他们的志业，为中日世世代代友好下去，精进不息。"

日本朋友回国后，向日本佛教界广泛介绍了会议情况和在中国的所见所闻。为实现21世纪两国关系和平友好的光明前景，进一步开展日中友好活动。他们多次组团来中国南京、卢沟桥等地参观，引导更多的日本国民了解当年日本侵华真相，了解日本军国主义对中国人民犯下的滔天罪行，从而牢记历史教训，促进两国世代友好。

代表团成员菅原钧来华时，为赵朴初会长带来特制馒头三盒，赵朴初写诗记之：

菅原钧携川岛芳子手制盐濑馒头三盒，色、香、味俱臻上乘。云制法传自我国南宋时林净因，川岛乃其三十四代传人。曾建净心庵于东京，倩余书额。今承佳惠，家人遍尝，咸称道不置，爰作此诗赠之。

盐濑馒头宋代传，
不粘不亢特清甘。
净心庵许心香祷，
妙技何时妙手还。

1995年10月"二十一世纪中日佛教友好交流展望座谈会"结束前夕，赵朴初满怀厚望写诗给日本大德后代：

赠日本佛教嘉宾

遗骨寻还心力瘁，
誓书不战街头集。
百折千徊排万难，
度尽劫波诚不易。

十五、忆往昔不忘历史　念先德世代友好

先贤志事愿勿忘，

与君世世为兄弟。

　　赵朴初为中日世代友好真正做到了鞠躬尽瘁死而后已。就在1999年11月25日，老人逝世的前半年，正在北京医院养病期间，亲切会见了以宫崎奕保长老为名誉团长、南泽道人长老为团长的日本曹洞宗大本山永平寺访中团一行。该团此次来访是为了参加在浙江宁波举行的道元禅师入宋纪念碑揭幕式。访华期间正值宫崎长老98岁寿辰，赵朴初会长专设素宴为宫崎长老祝寿。他在寿宴致辞中说："宫崎长老以98岁高龄率众来访，参加道元禅师入宋纪念碑揭幕式，令我感动，这是中日佛教友好交往的一件盛事。殊胜的因缘使我们两个年逾九十的老人在北京相会。今天恰巧是宫崎长老98岁生日，我代表中国佛教协会并以我个人名义恭祝长老光寿无量。往往一个人就对国际关系史产生很大的影响。700多年前，道元禅师入宋求法，回国后创立了日本曹洞宗，就为中日两国佛教徒友好交流播下了种子，这是菩提种子，是两国人民世代友好的种子。"随后赵朴初向宫崎长老赠送墨宝和生日蛋糕。中国僧侣向宫崎长老献了鲜花。

　　永平寺访中团团长南泽道人长老致辞说："今年是中日友好条约缔结20周年，今天是宫崎长老98岁生日，又是中华人民共和国主席江泽民阁下访问日本的日子，我们欢聚在一起真是因缘殊胜。"接着宫崎长老说："我们第一次在道元禅师入宋的地方浙江宁波建起一座纪念碑，这件事得到中国佛教协会和赵朴初先生的大力支持，功德圆满。这次来北京是想表达我

们的感激之情，没想到赵朴初先生却为我准备了这么丰盛的生日宴会，令我非常感动。……当年道元禅师来中国，看到到处盛行临济禅，因缘不契，便想回国。适逢阿育王寺典座到他的船上来买香菇，他高兴地挽留典座作'彻夜之谈'，说阿育王寺人多，不必急于回寺。典座却庄重地说，你怎么知道我不用急着回去？我们每人都有自己的职责，文字不光是看的，而是要指导我们去实行的。你有机会可到阿育王寺找我。不久，道元禅师便到了阿育王寺与典座作了'彻夜之谈'，并被介绍到天童寺拜见如净禅师。这个就是流传至今的道元禅师'文字话'、'典座教训'的因缘，使日本曹洞宗从中国学到许多好的传统。"宫崎长老随即念了他为道元禅师入宋纪念碑揭幕式写的一首诗："永平正法发斯津，停泊船中密语亲。七百年前文字话，育王典座大恩新。"

十六、倡导"黄金纽带" 谱写历史新篇

赵朴初晚年对国际佛教友好交流的特殊贡献体现在他提出的"黄金纽带"构想。

何谓"黄金纽带"？黄金者，贵重之物也。纽带者，联系之物也。佛教在不同时期传入不同国家，但它一直保有相同的价值观，而且由于长时期的弘传，所以有广泛的覆盖面、强大的影响力。它能将这些国家，具体讲就是中国、韩国和日本紧密联系起来，促进沟通、增进了解、加深友谊。所以佛教是中、韩、日三国间宝贵的联系之物，冠名曰"黄金纽带"。

佛教界的合作与交流是中、韩、日三国文化交流史上重要的核心内容之一。

中韩佛教界的交流较之中日之间有着更加悠久的历史。远在公元4世纪后期，中国南北朝时期，朝鲜半岛上的高句丽就接受了中国北朝佛教的影响，而南部的百济则接受了南朝佛教的影响，新罗虽从5世纪才从中国传入佛教，但后来居上，发展很快。公元7世纪中叶，新罗统一朝鲜半岛，中韩佛教的交流进入一个全盛时期，佛教在朝鲜半岛得到发扬光大。现在韩国佛教有26个宗派，寺庙9200余座，信众1100万，占全国人口的五分之一强。

关于日本佛教的传入，《日本书纪》一书记载始于飞鸟时

赵朴初会长倡导的中韩日三国佛教"黄金纽带"关系构想得到韩国、日本佛教界的普遍响应。1995年5月23日,第一次中韩日佛教友好交流大会在北京召开,江泽民主席在中南海会见出席会议的三国佛教界代表人士

代。公元552年(日本钦明皇帝13年)有百济圣明王赠予释迦牟尼佛金像与经论,日本佛教开始。但亦有记载,这之前中国大陆南梁人司马达东渡扶桑给日本带去佛教。隋唐时代是中国封建社会的鼎盛时期,政治稳定,经济繁荣,文化辉煌。当时的中日文化交流以佛教最为活跃,双方人员来往不断,其特点是中国佛教向日本传播,而鉴真东渡是典型的代表案例之一。后来日本佛教加速本土化,广泛弘传,至今已形成13宗,56派,信众达9000多万,占全国人口的67%。

所以赵朴初说:"从历史渊源看,三国佛教界有着深厚的亲缘关系和悠久的传统友谊,如果打个比喻的话,中国是母亲国度,韩国是哥哥,日本是弟弟。"

1993年9月28日,赵朴初访问日本,素以宗派林立、互不隶属的日本佛教界联合起来,为中国佛教协会成立40周年举行庆祝活动,韩国佛教界领导人亦来日本同庆。在这种场合,赵朴初正式提出:中、韩、日三国佛教界的友好交流从古到今已形成一条"黄金纽带"。此话一出,立即得到韩、日佛教界的赞同与共鸣。韩、日一起提议要求召开一次三国佛教首脑会议,以便进一步发展友好关系。第二年9月和12月,三国佛教界代表两次聚会北京,通过协商取得共识,为三国佛教友好交流会议的召开打下了基础。经协商取得一致意见,第一次三国佛教友好交流会议将在1995年5月22日至23日在北京召开。

会议前夕,赵朴初会长在中佛协秘书长办公会议上说:"这次在北京召开的中、韩、日三国佛教友好交流会议是非常重要的会议,我们要集中全力保证把这次会议开好。我们一定要把每项工作都做细、做好。"

会议前一天,即5月21日的预备会议上他发表讲话,全面回顾了中、韩、日古代、近代佛教友好交流的历史及现状,最后得出结论说:"回顾这些历史,充分说明三国佛教友好交流会议的召开来之不易,意义深远。我相信,我们这次会议一定能开得圆满,使联结我们的'黄金纽带'更加辉煌,在'友好、合作、和平'的主题上做出好文章、大文章。"

1995年5月22日,中、韩、日三国佛教代表齐聚北京,以"友好、合作、和平"为主题的佛教友好交流会议在北京国际会议中心隆重召开。会场正面宽大的屏幕上悬挂着用中、韩、日三种文字书写的"中国韩国日本三国佛教友好交流会议"巨大会标;会标下是佛教标志"法轮";屏幕前方古朴典雅的方桌上供着佛祖释迦牟尼的巨大青铜造像；会场两面的佛旗下摆放着上百盆鲜花，整个会场显得庄严、肃穆、和谐而富有活力。

9时整，大会组织委员会主席、中国佛教协会副会长兼秘书长刀述仁居士宣布会议开幕。大会组织委员会名誉主席、中国佛教代表团名誉团长、中国佛教协会会长赵朴初致开幕辞。

他在开幕辞中首先对出席大会的韩国和日本佛教界朋友、各位领导和高僧大德表示热烈欢迎，接着作为历史见证人，他回顾了新中国成立后三国佛教界为增进友好所作出的艰苦努力，并指出这样的盛会在一千几百年中三国佛教交流史上尚属首次。它具有重要的现实意义和深远的历史意义。最后他说："今天的人类依然为重重烦恼所困扰。无论是自然生态，还是精神生态，都面临着种种危机；民族之间、国家之间的沟通与理解仿佛比以前更加困难；核战争仍然威胁着人类的生存。这样的时代环境对我们佛教徒来说是挑战，更是机遇。我们三国佛教徒正可以抓住这一机遇，继承和发扬长期友好合作的历史传统，使我们之间的'黄金纽带'延伸下去、扩展开来，连接更多的国家和民族，为亚洲的繁荣与稳定，为人类的和平与幸福披精进铠，作大功德。"

韩国佛教代表团团长宋月珠长老致辞说："今天我们韩、中、日三国佛教领导人正在谱写永载世界佛教史册的、前所未有的历史篇章。……它将成为统一世界和统一人类的原动力。……众所周知，佛教传入中国，再经韩国传入日本，韩国和日本皆属中国汉字文化圈。……我们深信，如三国佛教齐心协力，定能发挥实现世界和平与人类平等的先导作用。"

日本佛教代表团名誉团长中村康隆长老致辞说："就日本

佛教而言，可以说中国佛教是父亲，韩国佛教是母亲，印度和中亚的佛教则是祖父和祖母。日本自有史以来，不仅在佛教方面，而且在文化的各个领域都从中、韩两国得到了很大恩惠，这是尽人皆知的……佛教是国际交流的纽带……赵朴初先生提出三国佛教是'黄金纽带'，这是切得时机的名言……时逢战后50周年的第一次大会在父亲之国的北京召开，我为此不胜欢喜赞叹。"

中国国务委员司马义·艾买提、全国政协副主席王兆国、中韩友好协会会长朱穆之、中日友好协会会长孙平化到会祝贺，国务院宗教事务局局长张声作在会上致贺辞。韩国驻华公使赵商勋、日本驻华公使阿南萜会祝贺。出席会议的中、韩、日佛教界正式代表150人，韩国、日本佛教界随喜团500人。中央统战部、国务院宗教事务局、全国政协宗教委员会、中国佛协、北京市佛协、北京佛教寺院、佛教院校有关领导和信众代表1000多人出席会议。这是中国佛教界近年来所举办规模最大、出席人数最多的一次国际性会议。

5月23日上午，在中、韩、日三国佛教代表祈祷世界和平法会上，赵朴初说："今天，我们中国、韩国、日本三国佛教界的代表在此聚会，为世界和平、人民幸福举行祈祷法会，这不仅是我们三国佛教界为人类福祉携手合作的一大事因缘，也是我们三国人民和平友好交流的一大事因缘……我们祈求三宝慈光加被；中、韩、日三国人民世代友好，和平共处；世界各国风调雨顺，兵戈永息；人民安居乐业，六时吉祥；中、韩、日三国佛教友好交流会议圆满成功，三宝的光明永照全球！"

5月23日下午，会议闭幕。赵朴初在闭幕词中说："这是一次和平友好的大会，也是一次富有成果的大会。这次会议的圆满成功，必将对中、韩、日三国佛教界未来发展友好合作关系，对团结三国佛教界共同维护亚洲和平及世界和平事业产生深远的影响……我相信，只要我们珍惜我们之间的传统友谊，把握时代机缘，携手合作，就一定能使佛法的光明照亮人类走向幸福生活的道路，就一定能使世界变成一个依正庄严的人间净土。"

会议发表了《北京宣言》，宣言指出："继承和发扬三国佛教悠久的传统友谊，对于进一步推动当代三国人民、三国佛教界的友好合作关系，维护亚洲及世界和平，具有极为重要的意义。……会议呼请三国佛教徒提高警觉、维护公理、伸张正义，防止历史悲剧重演。"宣言号召佛教徒："为佛日生辉、法轮常转、人民安乐、世界和平而精进不懈，作出新的贡献"。

我国政府对中、韩、日三国佛教会议十分重视。国家主席江泽民接见与会代表并与代表合影留念。他对代表们说："这次会议以'友好、合作、和平'为主题，体现了中、韩、日三国佛教界人士和人民要求和平与发展的愿望。"他希望三国佛教界人士和人民世世代代友好下去，为亚洲和世界和平作出新贡献。

国务院总理李鹏向大会发来贺电。电文写道："希望会议为进一步加强佛教界的友好交流，发展三国人民的传统友谊，进而为维护亚洲与世界和平作出积极贡献。"

全国政协主席李瑞环接见代表时说："中国、韩国、日本是近邻，三国之间的交往有着很长的历史，三国之间的文化有着很深的渊源。在三国很长的交往过程中，佛教起了特殊的作用，赵朴老有句很有名的话，说中、韩、日三国佛教的联系是一个'黄金纽带'，我赞成这句话，希望这条'黄金纽带'今后继续发扬光彩。……当今的世界是一个向上的世界。与此同时，我们也应该看到，当今世界也存在着一些丑恶的现象、令人讨厌的问题和潜在的危机。这些是全人类必须共同注意和反对的东西，许多也是佛教反对的东西。让我们三国人民，让我们三国佛教界朋友，共同努力消除这些消极的现象，使人类向善，使世界光明。"

这次会议也得到韩国政府和日本政府的高度重视。

韩国国会议员、前正觉会会长、韩国政府总务处长官徐锡宰向大会发来贺电说："东北亚地区在迎接即将到来的21世纪

中国代表团名誉团长赵朴初居士、韩国代表团团长宋月珠长老、日本代表团名誉团长中村康隆长老紧紧握手，象征中韩日三国佛教"黄金纽带"关系牢不可破

之际，韩、中、日佛教界领导人聚集北京，参加旨在促进世界和平和人类幸福、发展佛教友好关系的大会。我代表大韩民国政府向大会表示祝贺。"

日本国自民党总裁、外务大臣河野洋平也发来贺电说："对中、日、韩佛教交流大会的召开表示衷心的祝贺。"

第一次三国佛教友好交流会议的召开影响广泛而深远，对于积极推动三国人民的友好交流，维护亚洲和世界和平都有重要意义。

一年后的1996年10月10日至12日，第二次中韩日佛教友好交流会议以"二十一世纪中韩日佛教的使命"为主题在汉城举行。赵朴初因健康原因没有出席会议，但他在中国代表团启程前会见了全体团员。鉴于日本国内右倾分子抬头的迹象已经显现：内阁成员拜鬼、修改历史教科书、美化侵略战争，赵朴初在对将要启程的中国代表团团员们讲话时说："日本对韩国进行殖民统治上百年，对中国除对部分地区进行殖民统治外，对全中国实行军事侵略，给中、韩人民制造了深重的灾难。……日本侵略中国的历史，在座的各位大德都记忆很深。我们家的房子被日本侵略者占领，当了日军的养马房，皇帝赠写给我家挂的匾，被日军当成战利品抢走了，我家的藏书被侵略军抢得不剩一本。这些事今天我在这里第一次讲。……这都是不可改变不可否认的历史事实。……当然，强调'黄金纽带'，受伤害的中、韩两国不能忘记历史教训，特别是日本人更不能忘记。为此，我们去年10月，特地把日本佛教界发起中日佛教友好交流关系的高僧大德们的后人请到北京来一起开会，以'纪念先德、不忘历史、世代友好'为宗旨缅怀他们先人冲破重重阻力，在深刻反省历史进行忏悔的基础上，致力于中、日佛教友好事业的不朽业绩，会议取得圆满成功。……在这次汉城大会上，宗教是要谈的，但不仅只是谈宗教，主要是利用我们之间在佛教方面的友好关系，做促进三国之间友好的工作，为了我们三国人民世世代代友好下去，为维护亚洲和世界的和平事业尽我们的努力。"

汉城会议如期举行，赵朴初以中国人民政治协商会议全国委员会副主席、中国宗教界和平委员会主席、中国佛教协会会长的名义给大会发去贺电，并由中国佛教代表团副团长茗山法师代为宣读。

1997年10月26日至28日，第三次中韩日佛教友好交流会议在日本京都举行。以中国佛教协会会长赵朴初为名誉团长、中国佛教协会副会长明旸为团长、国务院宗教事务局副局长刘书祥为顾问的中国佛教代表团参加了会议。该次会议的主题是"让佛陀的声音传遍世界"。

赵朴初同样因健康原因未能出席这次会议，但他写来热情洋溢的贺信。信中说："际此世纪之交，将逢两千满数，播和平于三千界内，演法音于万国之中，是为'黄金纽带'转大法轮之共同急务。遥寄片语，仅作馨香之敬。恭敬盛会满月中天，清辉无尽，继往开来，圆满成就。"会上由代表团副团长净慧法师宣读了这封贺信。

历史证明，赵朴初的"黄金纽带"构想得到中、韩、日佛教界以及三国其他各界人士的广泛认同，因而具有强大的生命力。根据这一构想，由日本佛教界倡议，旨在"通过三国佛教文化交流，增进三国佛教徒的友谊，为世界和平作贡献"的中韩日佛教友好交流会议依次在三国轮流召开。

光阴似箭，日月如梭。在提出"黄金纽带"构想的赵朴初会长逝世十年后，即2010年10月19日，第十三次中韩日佛教友好交流会议在江苏省无锡市灵山梵宫召开，主题是："黄金纽带"的和谐精神，怀念赵朴初先生。

中国佛教协会会长传印法师在开幕式上以"黄金纽带十五年成果丰富"为题致辞说："以'黄金纽带'为宗旨的中、韩、日佛教友好交流会议是在已故会长赵朴初居士和韩、日佛教界长老大德共同倡议下发起的，至今已有15年历史，回顾我们共同走过的道路，成果丰硕。'黄金纽带'不但加强了三国佛教界的友好交往，而且在人员互访、文化交流、学术研究、信息共享、人才培养等方面取得了可喜成绩。特别是对于维系和巩固三国佛教界、三国人民之间的友好往来和真挚友谊真正起到了桥梁和纽带作用，对东北亚、亚洲、乃至世界的和平也产生了深远影响。今年是赵朴初居士逝世十周年。本次三国佛教友好交流会议以"'黄金纽带'的和谐精神——怀念赵朴初先生"为主题，既表达了对赵朴初居士的深切怀念，也充分表明赵朴初居士所倡导的'黄金纽带'构想的生命力，同时，也是对'黄金纽带'精神的延续和发展，具有很强的现实意义……"

韩国佛教宗团协会会长、大韩佛教曹溪宗总务院院长慈乘以"铭记赵朴初的遗志为佛教发展合作努力"为题发表致辞说："本次大会对增进韩、中、日佛教界友好交流有特殊贡献的已故赵朴初先生逝世十周年召开意义殊胜。我们韩、中、日三国的佛教徒将回顾先生对佛教的坚信与愿行，铭记先生的遗训，为佛教的发展合作而努力。"

日、中、韩国际佛教交流协议会理事长、延历寺长腊小林隆彰在开幕式上以"难忘赵朴初先生"为题的致辞中说："日、中、韩三国佛教的交流体现了三国佛教的发展历史。倡导三国佛教'黄金纽带'关系的赵朴初先生就是三国佛教和世界佛教的象征。……三国佛教'黄金纽带'是世界和平的基础，是永不熄灭的航标灯。"

日、中友好宗教者恳话会会长、日莲宗本山藻原寺住持持田日勇致辞说："如果没有赵朴初先生，日、中佛教界就无法实现如此亲密的来往。……赵朴初先生的言行正体现了释尊广大无边的慈悲。它加强了全世界佛教徒以及其他宗教界人士为实现和平而更加紧密地团结在一起。……作为佛教徒，应当正视被错误的污点扭曲的历史，坚信'黄金纽带'，为实现世界和平与繁荣，以献身精神精修佛道。'四弘誓愿'的具体化正是赵朴初先生以实现和平为目的思想的具体化。誓愿继承伟大的佛教徒、思想家、圣人赵朴初的遗志。"

自第一次中韩日佛教友好交流会在北京召开，至今已过20年。尽管国际风云变幻、乱象丛生，但第十七次中韩日佛教友好交流会议2014年11月18日至20日仍然在韩国首尔召开。本次大会主题为"佛教思想的和平实践"。

愿不负赵朴初会长的厚望，大会一次一次地开下去，秉承慈悲、平等、和合、共生的精神，不断增进三国佛教的深厚法谊、传统友谊和手足情谊，继续释放促进三国和谐相处、和平友好的正能量，继续释放保卫亚洲及世界和平的正能量，让赵会长含笑常寂光中。

十七、深受日本人民爱戴　荣获八次嘉奖

　　根据有关书籍所载，从1954年3月13日到2000年4月2日，在长达半个多世纪的岁月中，赵朴初19次踏上日本国土，从北海道至冲绳，日本的山山水水到处都留下他的足迹。作为中国人民的友好使者，他走到哪里就把友谊的春风吹到哪里。他90多次接待日本客人（其中包括书法、篆刻、茶道代表团），和日本友人的函电往来、诗词唱答更是不可胜数。为了中日世代友好，他殚精竭虑大半生，其鞠躬尽瘁、死而后已的精神，受到广大日本人民的尊重和爱戴。日本宗教界、政界、工商界、教育界、文化艺术界……行行业业到处都有他的朋友，日本人民把他称作"赵佛爷"、"圣人"、"当代鉴真"、"伟大的和平使者"……

　　1982年3月13日，中国佛教协会会长赵朴初应日中友好协会等日本友好团体的邀请携夫人陈邦织前往日本进行友好访问。临行前他接受了中国新闻社记者的独家采访。

　　赵朴初说，此次赴日纯系个人友好访问，除接受佛教两项荣衔之外，主要是会见一些老朋友，其中包括日本书法界和汉文俳句协会的一些朋友。他认为，1972年实现的中日邦交正常化，对日本国来说无疑是朝野人士一致努力的结果；而广大日本佛教徒是起了很大作用的。日本有8000多万佛教徒。早在

212

30多年前，日本佛教界朋友就开始从事增进日中友好的活动，从1953年起，曾先后9次把中国2700名死难烈士的骨灰从日本送还中国，表达了日本佛教徒对中国人民的友好感情。接着又成立了日中友好佛教协会等组织，进一步推动两国的佛教交流和友好往来。1962年和1963年所组织的鉴真大师纪念活动，曾成为日本全国性的活动，形成了一个促进日中友好的高潮，对促进两国邦交正常化起了很大作用。两国关系正常化以后，日中佛教交流进入了一个更为频繁、广泛而深入的阶段。1980年两国佛教界人士发起组织的鉴真大师像回国巡展和善导大师圆寂1300周年纪念活动，是两国佛教交流史上的一个创举，对今后的日中佛教交流将产生深远的影响……饮水不忘挖井人，中国佛教徒和中国人民永远不会忘记30余年来促成中日两国关系正常化的日本佛教界朋友，永远不会忘记在环境困难的条件下致力于两国友好事业的人们。

赵朴初会长对记者说，中日两国佛教有着悠久的历史渊源。日本佛教界人士一向十分关心中国佛教事业的发展。他愿借此机会告诉各位关心中国佛教事业的朋友，当前中国佛教的情况已大为好转。宗教信仰自由政策正在得到大力贯彻落实。佛教四众弟子正重新恢复如法如律的宗教生活。各地名山大寺正在陆续得到恢复和开放……中国佛教与其他宗教信徒一样，正满怀信心地展望着光明灿烂的前景。

3月16日，由夫人陈邦织陪同，赵朴初在东京接受了日本佛教传道协会赠予的1981年度第16次传道功劳奖。

日本佛教传道协会是日本民间布教团体。由沼田惠范于1965年12月所创，总部设在日本东京，其创设理想是为促进佛教精神之现代化、加强国际佛教徒之交流，进而促进世界大同的实现。该协会与中国佛教界一直保持着友好往来。

该协会理事长宫本正尊在授奖时致辞，赞扬赵朴初为日中友好和佛教交流作出的重大贡献，还赞扬了他在书法和诗词方面的成就。

四名获奖者中，赵朴初是唯一的外国人，其他三者均来自日本本土。

赵朴初在仪式上对日本朋友深表谢意并发表感言说："我把贵会这一厚意隆情，看作是对我的鞭策和鼓励，同时把它看作是对与日本佛教有着悠久深厚因缘的中国佛教的殷切关怀和护持。"

日本佛教界代表100多人参加了授奖仪式。日中文化交流协会会长井上靖、中国驻日本大使馆参赞蔡子民出席了仪式。

两天以后，即1982年3月18日上午，日本佛教大学和净土宗举行隆重仪式，授予中国佛教协会会长赵朴初名誉博士学位。佛教大学校长水谷幸正和净土宗负责人鹈饲隆玄等200多人出席了仪式。

佛教大学是日本净土宗的最高学府，其历史可以追溯到17世纪初叶。到20世纪70年代它已发展成为一所日本有名的综合性文科大学。

佛教大学校长水谷幸正在该校所举行的仪式上讲话，充分肯定了赵朴初在中日佛教文化交流中作出的重要贡献、高度赞扬了他在诗词书法方面所取得的成就。

赵朴初在讲话中说："我认为这个荣誉不是给我个人的，

而是给予中国全体佛教徒的，对我个人来说，我只能看作是对我的鞭策和鼓励；对中国佛教徒来说，我们应当把它看作是加强我们两国佛教徒亲密联系的友好纽带。"讲话最后他以下列祝辞作结，表达了一个虔诚佛教徒对未来美好的憧憬：

佛日生辉，法轮常转；中日友好，弥陀同寿；
娑婆世界，悉化莲邦；三界四生，同登安养。

赵朴初是获得该校名誉博士称号的第二个中国人，第一位是中国佛学泰斗印顺法师。

当天，佛教大学和净土宗联合举行午宴，欢迎赵朴初一行。赵朴初在宴会上致辞，深情回顾了30年来佛教在促进中日友好中作出的贡献，并介绍了中国宗教界的情况。

3月末，赵朴初满载日本人民的友谊回到北京。4月1日，北京召开全国政协委员会宗教组会议，与会的100多名在京的宗教界领导人聚集政协礼堂，祝贺赵朴初会长荣获日本佛教协会传道功劳奖及日本佛教大学名誉博士称号。会议上赵会长表示，将获得的奖金等共280万日元捐给中国佛教协会作为"弘化基金"，以发展佛教教育事业。传到功劳奖奖金为50万日元。按照日本的习俗，获得荣誉的人应接受人们随喜所送的贺仪。尽管赵朴初有言在先，恳请朋友免送贺仪，但还是收到一个个的红包，里边装的是祝贺诗词。有的诗词中也加着钱。回京后拆开清点红包中有158万日元。连同所得奖金共208万日元，当时折合人民币14000多元。

会后赵朴初特地向到会采访的记者朗读和解释了他在日本游热海、宿蓬莱旅馆时所写的三首汉徘:

游热海,宿蓬莱旅馆

履屉净无埃,
仙山真个见蓬莱,
樱花为早开。

席地试清斋,
松有茸兮海有苔,
宾主尽无猜。

入梦海潮音,
卅年踪迹念前人,
检点往来心。

1985年4月5日,赵朴初被授予"庭野和平奖"。

与佛教关系密切的庭野和平财团成立于1978年12月1日,由庭野日敬先生任总裁,长沼基之先生任理事长,该财团得到立正佼成会600万会员的支持,并与"世宗和"有着密切的联系。它的宗旨是:"促进以宗教精神为基础,以和平为目的的思想、文化、科学、教育等事业的研究和发展,为实现世界和平和发展人类文化作出贡献。"

"庭野和平奖"是庭野和平财团设立的一种在国际上很有影响的奖项,旨在表彰为和平事业和宗教事业作出显著贡献的

1985年4月9日，庭野和平财团授予赵朴初会长庭野和平奖。图为庭野日敬先生向赵朴初会长赠呈奖状、奖章和奖金

个人或团体。从1983年开始，每年表彰一人。首先由各国宗教界有识之士推荐候选人，然后由佛教、基督教和伊斯兰教等的知名人士组成审查委员会在候选人中评议决定受奖对象。此前已有二人受奖，第一位是巴西天主教加马拉大主教，第二位是美国基督教荷马·杰克牧师。这次是在82个国家800名有识之士推荐的候选人中，经评审委员会严格评审后，决定授予赵朴初的。

赵朴初应日本庭野和平财团的邀请去日本接受1985年日本"庭野和平奖"，于4月5日抵达日本。

4月8日下午，日本国首相中曾根弘康在首相官邸会见了中国人民政治协商会议全国委员会副主席、中国佛教协会会长赵朴初，并同他进行了亲切的谈话。

会见时，中曾根首相首先热烈祝贺赵朴初荣获"庭野和平奖"，接着赞赏了赵朴初为促进中日两国佛教界和文化界之间的交流、为谋求世界和平与裁军作出的积极贡献。

赵朴初感谢中曾根首相在百忙中会见他。他说，中曾根首相对中日两国佛教界的交流给予了热情的支持，中国佛教徒非常感谢。

赵朴初将一只瓷花瓶送给中曾根首相。中曾根首相回赠了他本人的一帧照片。

4月9日，在东京举行了隆重的受奖仪式，赵朴初以"佛教与和平"为题发表即席演讲，仪式后回答了记者提出的问题并当场宣布把接受的2000万日元奖金全部作为国际佛教文化交流及世界和平事业之用。

当晚，赵朴初作汉俳两首，记下获奖感受：

受庭野和平奖（两首）

奖借只增惭，
汇成大海是千川。
何敢炫微澜。

同心赴事功，
两邦同更万邦同。
世界扇和风。

赵朴初访日归来，正值中国红十字会发出向非洲灾民捐款

1992年11月3日，日本首相宫泽喜一在授勋仪式前会见赵朴初会长

救灾的号召，他立即从所得奖金中拨出两万元人民币，交中国
红十字会作为救济非洲灾民之用。此事由国内外媒体做了广泛
报道。庭野日敬先生看到后，立即给赵朴初打来电话，对此表
示赞扬。

　　1990年5月21日至6月2日，应日本龙谷大学邀请，赵朴初
出访日本。

　　龙谷大学（RyuKoku University），位于日本京都，是一所
成立于1639年的著名私立大学，也是全日本最古老的综合性大
学，其前身为西本愿寺内的教育机构，因此该校属佛教，其
"办学精神"为"净土真宗的精神"。它是当今西日本八大名
门学府之一，也是全世界著名大学之一。

　　5月23日，赵朴初在日本龙谷大学被授予荣誉文学博士学
位。龙谷大学校长信乐峻磨在热烈的掌声中将博士证书交给了

身披博士袍的赵朴初。赵朴初是该校授予名誉文学博士的第二人，另一位是印度前总统拉金德拉·普拉沙德。

信乐峻磨校长在仪式上说，赵朴初先生自幼好学，从青年时期开始学习佛教，对佛教理论有很高的造诣，同时又是一位闻名于世的书法家和诗人。为了表彰赵先生对佛教事业所作的贡献，龙谷大学特授予他名誉文学博士称号。

赵朴初讲话说，中日友好是维护亚洲与世界和平的重要因素。发展中日友好事业，维护亚洲和世界和平是历史和时代赋予我们两国人民的神圣职责。中国佛教界愿为中日两国人民世世代代友好和进一步扩大两国佛教界的文化学术交流作出更大的努力。

赵朴初还于1992年获日本明仁天皇赠授的一等瑞宝章、1997年获国际狮子会①文化功劳奖、1998年获中韩日佛教文化贡献奖。

1997年6月9日，日本三津木俊幸、洲崎周一先生来华，代表创价学会会长池田大作先生授予赵朴初会长创价大学最高荣誉奖、证书和奖章。

创价学会（日文：創価学会，英文：Sōka Gakkai）是源自日本的宗教法人。属于法华宗系的新兴宗教日莲正宗，以日莲大圣人的佛法和生命哲学为基础，宗旨推进和平、文化及教育，祈愿人类幸福。创价学会在全球192个国家都有代表处，并以推广日莲正宗佛教的形式运作。创价学会是一个以佛教的

---

① 狮子俱乐部国际协会简称狮子会，其英文为 The International Associa-tion of Lions Clubs，创建于 1917 年，在联合国经社理事会享有资深地位。目前已发展为历史最悠久、会员人数最庞大、服务范围最广的全球性的慈善服务组织。

生命尊严思想为根本，希望使人人幸福，推进世界永久和平的宗教团体，也是受到联合国承认的非政府组织。学会在池田会长的领导下，日本各主要城市及海外地方都开设了幼稚园、小学、大学等教育设施。

2000年5月21日，海内外四众弟子无限热爱的赵朴初会长与世长辞。为了缅怀他生前为国为教作出的杰出贡献，继承他的遗志，完成他未竟的事业，中国佛教协会按照佛教传统和礼仪进行哀悼。根据逝者办丧事要从简的遗嘱，对全国各大寺院及海外佛教界均未发出来京邀请函，但国内外不少佛教四众自动组团前来吊唁。尤其是日本近二十个佛教组织或宗派的代表得知后立即赶来。他们刚下飞机，不顾旅途劳顿，便风尘仆仆赶到灵堂吊唁。

2000年5月21日，广为海内外佛教四众弟子尊敬爱戴的中国佛教协会会长赵朴初居士在北京近世

2000年5月30日，江泽民、李瑞环、胡锦涛等党和国家领导人、海内外各界友人、佛教界高僧大德、四众弟子来到八宝山革命公墓，向赵朴初居士作最后的悼别

　　为答谢日本佛教界对赵朴初会长的一往深情，5月31日晚，刀述仁副会长代表中国佛教协会，宴请了自动前来吊唁的日本佛教同道。刀副会长在讲话中首先感谢日本朋友不远万里而来吊唁朴老，并希望各位继承朴老遗志，继续加强中日两国佛教友好交流，让中日两国世世代代友好下去，让朴老欣慰地含笑于常寂光中。出席宴会的日本朋友有的说，赵朴初会长一生访日19次，晚年在病榻上还多次接见日本佛教访华团。他为中日两国佛教友好交流、为中日两国人民世代友好做到了鞠躬尽瘁，死而后已。他就是当代的鉴真。没有中国佛教，没有赵

会长的巨大功德，就没有日本佛教的今天，我们是来吊唁老人家，也是来报恩的。有的说，赵朴初会长是为日中邦交正常化立了大功的人，是现代中日佛教友好的奠基人，是中日韩三国"黄金纽带"的首倡者。它的巨大功绩和开拓性贡献将永载世界佛教友好交流史册……

日本佛教界、政界、文化界的不少朋友纷纷发来唁电。

日本前首相中曾根康弘的唁电写道：

赵朴初先生为促进日中两国友好关系的发展作出了重大贡献，建立了殊勋，令人赞叹不已。我今后将愿继承赵先生的遗志，为日中友好关系的进一步发展尽绵薄之力。

日、中、韩国际佛教交流协议会会长、净土门主中村康隆的唁电写道：

赵朴初先生的逝世，对日本佛教界的法师和信徒，如同黑夜中失去了光明。先生把中国佛教寺院，特别是日本佛教的祖庭，恢复到今天的样子，为日、中佛教交流开辟了道路，建立了史无前例的友好关系。先生高洁的人格和渊博的知识，出自于对佛教的虔诚信仰和对世界和平的鞠躬尽瘁。先生提出中、日、韩三国"黄金纽带"的金玉良言，已成为三国佛教的基本理念，并取得了可喜成果。这是先生为实现世界和平的进一步体现，是致力于世界和平的大菩萨精神，会永远留在三国佛教徒心中，并将得到继承和发扬。

日本庭野财团理事长常沼基之的唁电写道：

我们庭野和平财团最敬仰赞叹赵朴初先生为实现日、中友好的伟大事业贡献了毕生的精力和智慧并授予他庭野和平奖。我们愿与赵先生的家人、中国的朋友和全世界的朋友一起，为进一步加强日、中两国友好、促进世界和平作不懈努力。

赵朴初的名字永远活在日本佛教徒和日本人民的心中。

新中国建立后的五十余年中，赵朴初为中日佛教友好交流，促进中日两国人民友好方面起到无可替代的作用，功不可没。为表彰其业绩，日本佛教界在奈良唐招提寺建立了"赵朴初居士之碑"，在他逝世后第二年的10月11日，举行了揭幕式。来自中国的赵朴初先生的夫人陈邦织女士、中佛协刀述仁副会长等七人，来自日本方面赵朴初的生前好友七十余人参加了这一仪式。

"赵朴初居士之碑"建于中日佛教交流的先驱鉴真和尚塔东侧，茂密的菩提树下。材料所选为生驹山"生驹石"，碑石呈三角锥状，高约1.5米，自然古朴。

上午10时许，参加揭幕仪式的人聚集在碑前。首先由唐招提寺长老增田快范持诵经文，随后由陈邦织女士和刀述仁副会长为"赵朴初居士之碑"揭幕。

揭幕后，日本日中韩国际佛教交流协议会理事长小林隆彰首先介绍了修建"赵朴初居士之碑"的缘起。他说："为了使日本佛教界的恩师赵朴初先生的功绩永世流传，经日本佛教界有识之士共同商量，决定建立这座简朴的纪念碑。赵朴初先生生前非常喜爱鉴真和尚长眠的招提寺，曾数次来访。所以我们认为这里是建纪念碑最宜之地。经与招提寺方面及陈邦织女士协商，特将碑址选在此地。"随后他还详细回顾了赵朴初先生为促进中日佛教友好往来，为召开日中韩三国佛教友好交流会议，为亚洲及世界和平与繁荣而建树的丰功伟绩。

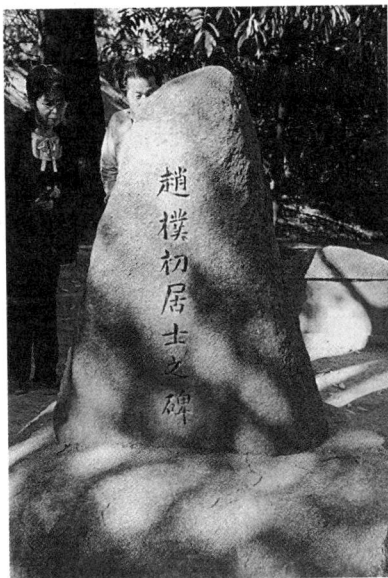

赵朴初居士之碑

陈邦织女士接着讲话说："在日本佛教界诸位朋友的热心关怀下，'赵朴初居士纪念碑'终于落成了，我对此表示衷心的感谢。赵朴初生前有个心愿，就是能一直陪伴在鉴真和尚的身边。当年我和赵朴初来访时，他曾请求将一颗脱落的牙齿埋在鉴真和尚墓塔旁。今天，赵朴初的夙愿终于得以实现，想必他一定无比喜悦。今后他可以随时向鉴真和尚请益佛法了。在此，我衷心地感谢日本佛教界朋友们对赵朴初的厚爱。"

最后，刀述仁副会长致辞说："我们佛教徒要继承和发扬赵朴初先生的遗志，团结一心，为亚洲与世界和平共同努力。"

日本有许多政界、商界要人都想把自己的墓建在鉴真和尚墓旁，但从来未被允许过。赵朴初居士碑是唯一被批准建在鉴

225

真和尚墓旁的碑。碑底下埋着赵朴初先生的一副眼镜和一副手套，实现了赵朴初居士的心愿：永远陪伴在鉴真大师身边。

在提出"黄金纽带"构想的赵朴初会长逝世10年后，即2010年10月19日，第13次中韩日佛教友好交流会议在江苏省无锡市灵山梵宫召开，主题是："黄金纽带"的和谐精神，怀念赵朴初先生。

中国佛教协会会长传印法师在开幕式上以"'黄金纽带'十五年成果丰富"为题致辞说：

以'黄金纽带'为宗旨的中、韩、日佛教友好交流会议是在已故会长赵朴初居士和韩、日佛教界长老大德共同倡议下发起的，至今已有15年历史，回顾我们共同走过的道路，成果丰硕。'黄金纽带'不但加强了三国佛教界的友好交往，而且在人员互访、文化交流、学术研究、信息共享、人才培养等方面取得了可喜成绩。特别是对于维系和巩固三国佛教界、三国人民之间的友好往来和真挚友谊真正起到了桥梁和纽带作用，对东北亚、亚洲、乃至世界的和平也产生了深远影响。今年是赵朴初居士逝世10周年。本次三国佛教友好交流会议以"'黄金纽带'的和谐精神——怀念赵朴初先生"为主题，既表达了对赵朴初居士的深切怀念，也充分表明赵朴初居士所倡导的'黄金纽带'构想的生命力，同时，也是对'黄金纽带'精神的延续和发展，具有很强的现实意义……

日本的日、中、韩国际佛教交流协议会理事长、延历寺长腊小林隆彰在开幕式上以"难忘赵朴初先生"为题的致辞中说："日、中、韩三国佛教的交流体现了三国佛教的发展历史。倡导三国佛教'黄金纽带'关系的赵朴初先生就是三国佛教和世界佛教的象征。……三国佛教'黄金纽带'是世界和平的基础、是永不熄灭的航标灯。"

日、中友好宗教者恳话会会长、日莲宗本山藻原寺住持持田日勇致辞说："如果没有赵朴初先生，日、中佛教界就无法实现如此亲密的来往。……赵朴初先生的言行正体现了释尊广大无边的慈悲。它使全世界佛教徒以及其他宗教界人士为实现和平而更加紧密地团结在一起。……作为佛教徒，应当正视被错误的污点扭曲的历史，坚信'黄金纽带'，为实现世界和平和繁荣，以献身精神精修佛道。'四弘誓愿'的具体化正是赵朴初先生以实现和平为目的思想的具体化。誓愿继承伟大的佛教徒、思想家、圣人赵朴初的遗志。"

2014年10月18日，第27届世界佛教徒联谊会大会在我国陕西宝鸡召开。出席该会的日本日中友好宗教者恳话会持田贯宣会长是中国佛教界的老朋友。当记者看到他胸前佩戴着赵朴初会长的纪念章时，不禁问道："赵朴初会长已圆寂多年了，您为何还佩戴朴老的像章呢？"持田贯宣先生深情地说，是的，赵朴初先生已经逝世14周年了，但是我们日本佛教界一直深深地怀念和追忆着朴老的音容笑貌和他老人家提出的中韩日三国"黄金纽带"关系，我们感恩他为日中佛教友好交流所作出的巨大贡献。

日本佛教徒和日本人民为了铭记赵朴初先生为中日佛教和中日人民世代友好所作的杰出贡献，在高野山、比睿山和成天山各建起一座赵朴初用汉语写的俳句诗碑。碑在、诗在如人在，时刻向日本人民传递着中国人民的友好情谊。

十八、结束语

近年来，中日关系反复出现困难，根源在于日方在历史及对华认知上出了问题。

德国总理默克尔在2015年3月9日到访日本，"两天三劝安倍正视历史"。中国有句古话，再一再二不再三，两天三次规劝，真是苦口婆心，可见默克尔对这个问题的重视程度。她担心日本现领导层的历史观会给世界带来无穷后患。

德国和日本有许多相似之处。历史上，两国都是第二次世界大战的发动国和战败国，曾经对人类社会造成了极大伤害。今天，两国又都是经济发达国家。然而，在战争反思问题上，两国却有天壤之别。1970年12月7日，西德总理勃兰特在华沙犹太隔离区起义纪念碑前敬献花圈后，突然自发下跪并且为在纳粹德国侵略期间被杀害的死难者默哀。勃兰特华沙之跪极大提高了德国在外交方面的形象，他本人也于1971年获得了诺贝尔和平奖。德国一跪，赢得了世界的尊重；日本则与之相反，直到今天依旧没能正视历史、认真反思。面对当前局势，重温赵朴老的许多讲话，让我们的体会就更加深刻。朴老曾写道："这些反历史、反人民的逆流，也如海上的波涛一样，一股风来，可以显得颇为汹涌，但是终竟改变不了潮流的方向，风一过去，也就归于消失。真正留下长远影响，活在人们心中，受着人们敬爱的，只是那些为两国人民的友情种下好因、结出善果的诚诚恳恳的工作者。"

古代的鉴真和尚、当代的赵朴老、中国和日本那些终生致力于两国友好事业的高僧大德及各界友好人士，都是为两国人民的友情种下好因、结出善果的诚诚恳恳的工作者。他们将真正留下长远影响、活在人们心中、受着中日两国世代人们的热爱和尊敬。

面对现实，中国和日本的佛教徒和广大人民应该如何做呢？赵朴老明确地指出："排除这些魔障，恢复我们的正常关系，发扬我们的传统，谋求我们的和平幸福，这是中日两国人民应该共同努力的目标。"

赵朴老再三告诉我们："中日两国人民受过悠久的文化熏陶，经过多种艰难的锻炼。我们的祖先在我们前头开辟过许多

勃兰特的千年一跪情

道路，遗留下许多榜样。我们有智慧辨别什么符合我们的真正利益，什么只会给我们带来灾害。我们有勇气面对一切困难。固然今天的情况有很多是过去不曾有过的，但今天的条件则远远超越了我们的前人……我们坚信，只要我们两国人民发扬前人精神，负起时代使命，亲密合作，不懈努力，我们就一定能像前人一样突破一切险阻，实现我们共同的愿望与美好的将来……"

主要参考书目

1.赵朴初：《赵朴初文集》（上、下册），华文出版社2007年版。

2.赵朴初：《赵朴初韵文集》（上、下册），上海古籍出版社2003年版。

3.赵朴初：《赵朴初墨宝精选》，作家出版社2010年版。

4.沈去疾编著：《赵朴初年谱》，上海辞书出版社2008年版。

5.《〈现代佛学〉（1950年—1964年）合订本》（十册），天津古籍出版社1995年版。

6.中国佛教协会《法音》编辑部编：《〈法音〉（1980年—2000年）合订本》（十七册），中国佛教协会出版。

7.《中国佛教五十年》（上、下册），中国佛教协会编辑发行。

8.［日］额贺章友著，刘建译《中日佛教交流史》，宗教文化出版社2007年版。

┃后记

近年来，在习近平总书记对中日关系一系列重要讲话精神的激励下，在中国佛教协会有关领导和一些高僧大德的热情支持下，经过一年多的努力，《赵朴初与中日佛教交流》一书终于如愿以偿，顺利面世。我们内心既无比喜悦又十分感激。

喜悦的是本书在赵朴老诞辰110周年之际出版，表达了我们对以赵朴老为首的中国佛教界与日本各界大德先贤，为中日两国友好所倾注毕生心血的崇高敬仰与深切怀念；感激的是我们在收集史料、撰写、出版过程中，得到王景山、陈双成、暴洪颖、赵海鸿等教内外各界人士，人民出版社有关领导与孙兴民主任、李琳娜编辑，以及亲朋挚友、家属子女的大力支持和帮助。

在此书付梓之际，谨对各位领导、高僧大德、亲朋挚友一并表示诚挚的谢意！由于写作时间紧迫，能力所限，错误遗漏在所难免，尤望方家和热心读者不吝赐正。

作者
2017年6月

责任编辑:孙兴民　李琳娜
特约策划:赵海鸿　黄　鲁
特约编辑:赵海鸿　黄　鲁
封面设计:徐　晖　华少君
责任校对:张　彦　张帅奇

图书在版编目(CIP)数据

赵朴初与中日佛教交流/倪强,黄成林 著. —北京:人民出版社,
　2017.10
ISBN 978 - 7 - 01 - 017927 - 8

Ⅰ.①赵…　Ⅱ.①倪…②黄…　Ⅲ.①报告文学-中国-当代
　Ⅳ.①I25

中国版本图书馆 CIP 数据核字(2017)第 174987 号

赵朴初与中日佛教交流

ZHAOPUCHU YU ZHONGRI FOJIAO JIAOLIU

倪　强　黄成林　著

人民出版社 出版发行
(100706　北京市东城区隆福寺街 99 号)

保定市北方胶印有限公司印刷　新华书店经销

2017 年 10 月第 1 版　2017 年 10 月北京第 1 次印刷
开本:880 毫米×1230 毫米 1/32　印张:7.75
字数:168 千字

ISBN 978 - 7 - 01 - 017927 - 8　定价:32.00 元

邮购地址 100706　北京市东城区隆福寺街 99 号
人民东方图书销售中心　电话 (010)65250042　65289539